DÉFENSE D'AIMER

Florent Gonçalves

DÉFENSE D'AIMER

ÉDITIONS DE NOYELLES

Collection dirigée par Abel Gerschenfeld

ISBN 978-2-298-05522-1

Presses de la Cité | un département **place des éditeurs**

place des éditeurs

Avertissement

J'ai voulu, dans ce livre, témoigner de mon vécu personnel en m'efforçant de protéger l'identité des personnes qui se sont trouvées mêlées à cette histoire. A cette fin, tous les noms ont été modifiés.

Le lundi 10 janvier 2011 à neuf heures du matin, le directeur interrégional des services pénitentiaires dont dépendait mon établissement, la maison d'arrêt de Versailles, se tenait face à moi dans mon bureau, étrangement mal à l'aise. Il n'avait pas touché au café qu'il m'avait demandé et ne parvenait pas à soutenir mon regard. Finalement, il a réussi à me lancer :

— Comment ça va ?...

J'étais perplexe : on a rarement vu un directeur interrégional se rendre dans le bureau d'un directeur de prison juste pour lui demander de ses nouvelles. Mais le suspense a été de courte durée. Quelques minutes plus tard, quatre personnes faisaient irruption, sans frapper, trois hommes et une femme, des officiers de police en civil qui n'ont pas eu besoin de se présenter. On les reconnaissait à leur assurance : celle de leur bon droit. Mon directeur a aussitôt tourné les talons et quitté les lieux sans un mot, sans un regard, me reléguant pour toujours dans le camp des hors-la-loi.

Je n'étais plus de son monde, plus des leurs. Il m'a suffi d'un dixième de seconde pour le comprendre.

Le dixième de seconde le plus important de ma vie, celui qui a scellé mon avenir, celui où j'ai perdu mon emploi, ma famille, mon logement, mes amis, du moins ceux que je considérais comme tels. Les sarcasmes de certains journalistes compléteraient le tableau en me faisant perdre mon honneur.

La femme policier, qui était leur commandant, a posé avec autorité un papier sur mon bureau : « Je vous notifie votre mise en garde à vue à compter de cet instant. »

Je ne l'ai pas lu, je ne lui ai pas répondu. J'étais glacé. Calme. J'ignorais encore qu'ils savaient tout, mais je regardais la scène, ma vie m'échapper, comme si je regardais la télé, captif d'images dont je n'étais déjà plus l'acteur.

Elle m'a posé les questions classiques : « Quelle personne souhaitez-vous faire prévenir ? », « Voulez-vous voir un médecin ? », « Avez-vous un avocat ? » Ensuite, tout est allé très vite, une fouille éclair de mon bureau, encore des questions qui fusaient comme des rafales de mitraillette : « Les bordereaux, c'est quoi ? », « Et ces lettres, c'est quoi ? », « Et cette facture de téléphone, c'est quoi ? Le numéro, c'est qui ? » Je répondais, machinalement, mais je n'avais pas peur. J'étais incapable de penser aux miens, à moi-même, à ce qui m'attendait.

En dix minutes à peine, tout le contenu de mon bureau a été empaqueté, les papiers, les ordinateurs. La commandante a sorti les menottes, j'ai entendu le clic, ce bruit si familier, que je connaissais si bien, et mes poignets se sont trouvés enserrés. En sortant de ce bureau où je ne devais plus jamais remettre les pieds, qui représentait ma fonction et tout ce qui avait fait ma vie ces vingt dernières années, elle m'a lancé : « Vous croyez que je n'ai que ça à faire, m'occuper de vos amourettes ? »

J'ai compris à ce moment-là que la situation était beaucoup plus grave que je ne l'imaginais, même si j'étais encore loin de m'imaginer que des moyens dignes de la lutte contre le grand banditisme avaient été déployés depuis des mois pour traiter mon « cas », comme si j'étais un tueur ou un braqueur de haut vol. Ainsi donc, le motif de cette descente tirée d'un film d'action était mon histoire d'amour. Pas une « amourette », une grande histoire d'amour, même s'il s'agissait d'un amour coupable, illicite, puisqu'il me liait, moi, le directeur de prison, à une de mes détenues, Léa, laquelle avait en outre le tort de s'être trouvée sous les feux des médias pendant la fameuse affaire du gang des barbares.

On pourra toujours dire et penser que nous n'aurions pas dû. Mais depuis quand l'amour se commande-t-il ? Toutes les bonnes raisons que nous avions l'un et l'autre de mettre un terme à notre histoire ne nous ont jamais séparés. On a bien essayé, on s'est déchirés, on s'est quittés, on s'est retrouvés. Mais on n'arrête pas l'amour. En tout cas, nous, nous n'avons pas réussi. Rien n'y a fait. Et ça m'a coûté tout ce qui jusque-là était ma vie.

1

Léa est arrivée à la maison d'arrêt de Versailles le 25 septembre 2007. C'est une journée dont je n'ai gardé aucun souvenir particulier, et plusieurs mois se sont écoulés avant que je la distingue parmi les autres détenues. J'étais moi-même un nouveau venu puisque je n'avais pris la tête de l'établissement que quelques mois plus tôt, en mars. Je m'étais consacré à une réorganisation complète du fonctionnement des services, notamment administratifs. Au lieu de rentrer chez moi à dix-huit heures, comme tout bon directeur de maison d'arrêt sans problèmes particuliers, je finissais bien souvent après vingt heures. Je n'avais même pas pris mes congés d'été. De fait, je me rendais moins souvent « en détention », c'est-à-dire là où se trouvent les cellules, que je ne l'aurais souhaité, à la différence de ce que je faisais à Aurillac, dans le Cantal, ou à Lure, en Haute-Saône, où j'avais occupé des fonctions similaires. J'avais alors l'habitude d'y passer systématiquement quelques minutes le vendredi, la veille du week-end, un moment toujours délicat, afin de jeter un œil dans chaque cellule et de me faire une idée de visu de ce que me rapportaient les gradés, lesquels supervisent les équipes de surveillants. A Versailles, il y avait six gradés pour une quarantaine de surveillantes, qui se relayaient nuit et jour, l'équipe de nuit étant plus réduite. On leur demandait d'être vigilants, attentifs aux changements d'humeur des détenus, et de faire davantage de rondes la nuit. Lors de ces six premiers mois, la logistique m'a absorbé, et l'arrivée de Léa est passée inaperçue.

Les principales fonctions d'un directeur de prison n'ont pas un caractère humain, du moins dans le rapport aux détenus, mais administratif, ce qui conduit malheureusement certains directeurs à oublier qu'ils ont charge d'âmes, et d'âmes à réinsérer et à réhabiliter la plupart du temps. Tout ce qui concerne la santé et l'état psychologique du détenu est pris en charge par l'UCSA (Unité de consultations et de soins ambulatoires), une émanation de l'hôpital public. C'est elle qui délègue des médecins, des psychiatres, des gynécologues, des dentistes et autres spécialistes.

Tout le reste, en revanche, incombe au directeur, à commencer par la gestion des ressources humaines : il faut établir les plannings des surveillants, entendre les désirs des uns et des autres, ménager les susceptibilités et également faire régner la discipline, parce qu'on peut être adulte et avoir des pannes d'oreiller chroniques. Cet aspect du travail ressemble un peu à celui d'un proviseur de lycée. D'autres font davantage penser à un chef d'entreprise : à Versailles, je gérais un budget annuel de sept cent mille euros environ, ce qui implique des choix et des planifications concernant la structure, les bâtiments, le chauffage, l'alimentation, la sécurité incendie et, bien sûr, la sécurité tout court.

Plusieurs types de menaces planent sur la tête de tout chef d'établissement : les incidents graves (le feu, la prise d'otages, la mutinerie, les agressions sur le personnel), les suicides et les évasions. L'amour ne fait pas partie des risques du métier : je pense que mon histoire est unique dans les annales de la pénitentiaire, sinon j'en aurais entendu parler – et je suis certain que je ne l'aurais pas cru. Dans le milieu pénitentiaire, on a la tête loin de la sphère affective : on laisse les affaires de la maison à l'entrée de la prison et celles de la prison à l'entrée de la maison. Vingt années durant, j'ai vécu ainsi, comme tout le monde.

Quand Léa est arrivée, sa fiche a atterri sur mon bureau, comme c'est l'usage, accompagnée de son dossier, un gros volume de plusieurs centaines de pages, ce qui est moins ordinaire. Le dossier a aussitôt été soigneusement rangé, puisqu'il suit la détenue dans ses incarcérations successives mais n'est pas destiné à une lecture approfondie. J'ai jeté un œil bien rodé, pour ne pas dire blasé, sur la fiche. Celle-ci contient très peu d'informations, le strict nécessaire.

J'ai d'abord lu la provenance de la nouvelle arrivante : Fleury-Mérogis. A Versailles, huit fois sur dix, les filles arrivaient directement de la liberté, puisqu'il s'agit d'une maison d'arrêt, c'est-à-dire un endroit où l'on « séjourne » dès son arrestation, en attendant d'être jugé. Le motif du transfert n'avait pas de quoi retenir mon attention : « rapprochement familial ». En effet, la mère de Léa habitait en Seine-Saint-Denis, et les transports en commun étaient plus pratiques pour Versailles, même si la distance restait importante. J'apprendrais par la suite que sa mère était sa seule attache au monde, avec sa sœur handicapée. Pas de père, pas de famille en France, pas de vrais amis, étant donné son jeune âge lors de son incarcération. Cette mère viendrait effectivement à chaque parloir, trois fois par semaine. La seule chose sur laquelle je me suis attardé, ce sont les quelques lignes de la rubrique « personnalité ». Comme tout directeur, j'étais attentif aux détenus psychologiquement instables, risquant de se suicider, de s'en prendre aux autres ou plus simplement de semer la pagaille. La personnalité de Léa ne présentait aucun trait de violence, mais on avait indiqué : « Risques suicidaires. Deux tentatives par prise de médicaments. » C'est une information dont je me devais de faire part aux gradés. Hélas, cette mention-là non plus ne faisait pas de Léa un cas à part : un bon nombre de femmes avalent régulièrement des médicaments pour en finir, ou au moins pour se retrouver deux jours dans le brouillard à l'hôpital, loin de la réalité. La quasi-totalité des suicides réussis en prison se font par pendaison. Les médicaments, c'est l'envie d'en finir sans le courage d'aller jusqu'au bout. C'est aussi le besoin d'exprimer publiquement son mal-être, plus ou moins consciemment. La détresse de cette jeune fille n'avait rien d'exceptionnel, même si elle méritait toute notre attention.

L'arrivée de Léa ne bouleverserait pas la marche de l'établissement, comme cela peut être le cas pour une détenue qui présente des risques d'évasion. Ce n'était pas une DPS, une « Détenue Particulièrement Signalée », à la différence de « ma » militante basque, membre de l'ETA, qui, à vingt-six ans, aurait – elle n'a pas encore été jugée – abattu de sang-froid deux policiers en civil de vingt-cinq ans qui sirotaient tranquillement un café sur une place de village et dont le seul tort était d'incarner « l'ennemi ». Ces détenus-là, on leur prête une attention toute particulière. Peu de femmes en font partie, une petite dizaine en France. Avec elles, on peut s'attendre à tout, prises d'otages, opérations commandos en hélicoptère, violences (envers leurs codétenues, le personnel ou elles-mêmes), grèves de la faim pour telle ou telle revendication. Cette jeune femme était en outre une spécialiste des explosifs. Ce sont des détenus que l'on place de préférence seuls en cellule : ce n'est pas une obligation mais une précaution élémentaire.

J'avais l'habitude, comme tout directeur de prison qui entend faire régner la paix, de favoriser les rapprochements en cellule de filles « compatibles ». A la Santé, à l'époque où j'y travaillais, les quartiers étaient officiellement ethniques : il y avait le quartier africain, le quartier maghrébin, etc. A Versailles, je regroupais de préférence dans l'une des six cellules de six détenues les femmes d'origine africaine. En cela, je ne faisais qu'anticiper leur demande. Elles préféraient se retrouver entre elles, et avaient des exigences d'intimité différentes de celles de détenues issues d'autres traditions culturelles, même s'il ne faut pas généraliser, car il existe toujours des exceptions. La plupart du temps, les filles arrivaient seules, mais certaines étaient amenées « en lots », comme ces Roumaines arrêtées ensemble pendant qu'elles se livraient à des larcins. Je les laissais aussi entre elles. Léa étant d'origine iranienne mais sans un sentiment fort d'appartenance culturelle ou religieuse, elle a été placée dans l'une des vingt cellules de deux détenues dont je disposais, sans consigne particulière, la décision incombant au gradé responsable.

Une seule chose sur la fiche de Léa sortait de l'ordinaire et a attiré mon attention l'espace d'un instant : la mention « Médiatique : affaire Fofana », alors que le plus souvent les fiches ne mentionnent que le chef d'inculpation : délit, crime, etc. Mais les faits pour lesquels Léa était en prison n'étaient pas mon affaire dans l'exercice de mes fonctions. C'est un pli qu'il faut prendre très vite, à tous les grades, sous peine d'être incapable de faire son travail. La mention « médiatique » impliquait des comptes-rendus réguliers à la Direction interrégionale. Quatre ou cinq détenues étaient dans cette situation, à Versailles.

C'est à vingt-deux ans, alors que j'étais encore simple surveillant, que je me suis trouvé pour la première fois face à un violeur. Cet homme, je ne cessais de le regarder en me disant : « Je ne peux pas être au service d'un type qui a fait un truc pareil ! Comment cet homme, qui a l'air si normal à en juger par nos contacts, a-t-il pu faire une chose aussi ignoble ? ! Et il va falloir que je sois à son service tous les jours ? » Car c'est ça, la vérité qui m'a valu des regards de travers du personnel syndiqué quand je me suis retrouvé dans la peau d'un directeur de prison : qu'on le veuille ou non, le personnel pénitentiaire est au service des détenus. C'est même sa mission au quotidien : les nourrir, les protéger, les traiter aussi bien que possible, et même leur donner suffisamment d'énergie et de confiance en eux pour qu'ils puissent se réinsérer après leur libération. C'est avec ce violeur que j'ai adopté une fois pour toutes la bonne posture, la seule tenable : on ne nous demande pas d'aimer les détenus, encore moins de les juger, mais de leur permettre de purger leur peine. Dès ce moment, je n'ai plus jamais jeté qu'un coup d'œil au motif de la détention, qui relevait du passé, car mon seul souci devait être le présent, les conditions de détention, préalable d'un avenir à l'extérieur sans crime ni délit.

L'affaire Fofana, dite aussi « du gang des barbares », ou « affaire Ilan Halimi », du nom de la victime, j'en avais bien sûr entendu parler, comme tout le monde, mais je ne m'y étais pas intéressé davantage, car je n'ai pas la passion du fait divers. Rentré chez moi, je préfère m'intéresser au monde de l'art, sans doute par besoin d'évasion. Je savais qu'il s'agissait d'un crime horrible, mais Fofana n'était pas mon détenu, et dans ma carrière j'ai été amené à côtoyer des violeurs d'enfants, des découpeurs de femmes, des auteurs d'actes de barbarie en tous genres. Je me souvenais qu'une jeune fille avait servi d'appât dans l'enlèvement d'un jeune homme de dix-neuf ans, enlèvement qui s'était transformé en calvaire, et que la victime était morte des suites des tortures qu'on lui avait fait subir.

Voilà donc qui était cette nouvelle arrivante dont la fiche se trouvait sous mes yeux, mais, selon ma bonne habitude, ce n'est pas à « son affaire » que j'ai pensé mais à ce destin tragique qui me passait entre les mains : « Née en 1988 » ! En 2007, 1988, c'était hier... Dix-neuf ans d'existence, dont dix-neuf mois déjà derrière les barreaux et bien davantage à venir, sans aucun doute... La date de son premier procès n'était pas encore fixée, chose habituelle dans les affaires dont l'instruction est longue et les faits assez graves pour motiver la mise en détention provisoire immédiate. Au risque de surprendre ceux qui ne connaissent pas bien la population carcérale, Léa n'était donc pas « un cas », et je n'avais aucune raison de la rencontrer, à la différence de la détenue basque que j'ai évoquée. Léa était l'une des soixante-dix à quatre-vingts détenues de la maison d'arrêt des femmes de Versailles, auxquelles s'ajoutaient la centaine de détenus hommes en semi-liberté, qui sortaient travailler dans la journée mais prenaient bien soin de rentrer chaque soir, de peur d'écoper de la prison ferme. J'ai rangé la fiche, et je n'y ai plus pensé. Nos vies se sont poursuivies, parallèles et étrangères l'une à l'autre jusqu'à la fin de l'année 2008, puis pendant encore un an avant que notre relation ne change de nature.

2

Pendant presque deux ans et demi, la vie de Léa en détention a été celle d'une détenue comme les autres. Mon bureau se trouvait à l'entrée de la prison, à côté de la cour d'honneur par où pénètrent les fourgons cellulaires amenant les détenus, et j'étais donc la plupart du temps loin du bâtiment des femmes. Derrière la cour d'honneur se trouvait le bâtiment des hommes en semi-liberté, puis celui des parloirs jouxtant le petit terrain de sport, un peu plus loin le secteur des femmes et, encore au-delà, la cour de promenade. L'ensemble était entouré d'un chemin de ronde dont les surveillants faisaient le tour à intervalles réguliers pour vérifier que tout était normal et qu'aucune évasion ne se préparait. La prison de Versailles est située en plein centre-ville, l'entrée se trouvant sur l'avenue de Paris, l'une des artères principales. Les cellules du bâtiment des femmes donnent sur l'arrière, avec vue soit sur des bâtiments administratifs, soit sur un beau jardin privé où se dresse un grand cèdre. La cellule que Léa a occupée du temps de notre histoire, la cellule numéro 30, où je l'ai si souvent imaginée en pensée, donnait sur le jardin.

Léa est arrivée dans le cadre d'un transfert, accompagnée des quatre ou cinq cartons qui contenaient l'ensemble de ses biens : des vêtements, du maquillage, quelques CD et DVD. En général, il y a dans chaque cellule une détenue qui possède un lecteur de CD ou de DVD acheté en détention à défaut d'un ordinateur (ils sont autorisés, mais pas le Wi-Fi). Léa avait aussi quelques livres et quelques cahiers. Elle avait été arrêtée alors qu'elle était en classe de seconde et, depuis, elle préparait, sans grande conviction, un diplôme qui lui permettrait de faire des études sans avoir le bac, le DAEU (diplôme d'accès aux études universitaires). Elle n'aimait pas particulièrement le travail scolaire, mais elle essayait de s'appliquer en espérant faire plaisir à sa mère, envers laquelle elle culpabilisait énormément. Cet espoir était infime. Même si Léa était pudique et ne s'étendait jamais sur ses états d'âme, peut-être aussi pour ne pas me montrer ce qu'il y avait de triste en elle, elle lâchait parfois « Oh, de toute façon… », sans finir sa phrase, ou faisait des gestes las pour expliquer qu'elle ne pourrait jamais réparer les dégâts du passé, à l'égard de sa mère comme de la famille de la victime.

A sa descente de fourgon, Léa a suivi le parcours classique du détenu : démenottage, fouille, dépôt de ses effets personnels pour vérification, choix de ce qui l'accompagnerait en cellule puisque les détenus n'y entreposent pas l'ensemble de leurs affaires, notamment leurs vêtements. Les femmes en particulier peuvent réclamer au fil des mois et des saisons qu'on leur rapporte telle ou telle tenue en échange de telle autre. Tout cela vise à faciliter les inspections et fouilles en évitant d'encombrer les cellules. Ensuite, Léa a reçu son paquetage, constitué d'une couverture, de draps, d'un nécessaire de toilette avec dentifrice, brosse à dents, serviettes hygiéniques, papier toilette et serviette-éponge. Puis elle s'est retrouvée dans l'une des cellules de deux places, en compagnie d'une fille qu'elle n'avait jamais vue auparavant. Mais avec dix-neuf mois de détention à Fleury-Mérogis derrière elle, elle avait l'habitude de la cohabitation à deux dans neuf mètres carrés.

Les cellules à deux places comportaient des lits superposés, un lavabo, des toilettes, un téléviseur posé sur une étagère dans un angle. Au fil du temps, j'y ai apporté quelques améliorations qui me semblaient devoir faciliter le quotidien, tant celui des filles que celui du personnel : une bouilloire, une connexion pour la TNT, un petit réfrigérateur, un four à micro-ondes et une douche pour éviter les déplacements qui peuvent être source de troubles et mobilisent plusieurs surveillantes. Les événements ont voulu que je n'aie pas le temps de terminer le réaménagement des cellules, avec la réfection des murs en blanc et la pose d'un lino en simili-parquet, d'un effet plus chaleureux que les classiques murs et dalle en béton. « Ma » prison était en quelque sorte un établissement modèle, au point que cela m'a valu de recevoir, en juin 2010, sept mois avant d'être jeté dehors comme un paria, la visite de la garde des Sceaux, Michèle Alliot-Marie. Même si on ne court pas après les honneurs, cela fait partie des moments qui comptent, c'est un motif de fierté, surtout lorsqu'on se retrouve ensuite au fond du trou à se demander si cela s'est bien produit au cours d'une même vie...

Comme je l'ai dit, les cellules disposaient d'un réfrigérateur avec un petit compartiment à glace, afin d'améliorer l'ordinaire des filles qui pouvaient cantiner. Léa a travaillé assez vite, et gagnait environ trois cents euros par mois. A Fleury, elle avait suivi une formation en peinture, qui lui avait permis d'obtenir un petit diplôme, et elle en suivrait d'autres à Versailles, dont une déboucherait sur un diplôme de couture. Mais comme les autres détenues, elle préférait travailler, même au faible tarif en vigueur en détention, environ trois euros de l'heure. Il y avait des ateliers de confection, de conditionnement, de mise sous pli. Léa s'efforçait de peser le moins possible sur le budget de sa mère, qui était aide-soignante et avait déjà à sa charge sa sœur Lucie, âgée de vingt-cinq ans et handicapée, et personne sur qui compter. Léa faisait son possible pour lui envoyer soixante-dix ou quatre-vingts euros tous les mois.

Le réveil avait lieu à sept heures du matin : les surveillantes commençaient par pénétrer dans les cellules pour vérifier que la nuit s'était bien passée. Les plateaux de petit déjeuner étaient ensuite distribués avec des sachets de café lyophilisé, de chocolat ou de thé, du pain et du beurre, mais les fruits frais et les jus de fruits restaient à la charge des détenues. Le péché mignon de Léa, sa « grosse » dépense, c'était le chocolat et les confiseries, mais elle essayait de se limiter pour garder la ligne. Tous les repas étaient pris en cellule. Au menu, il y avait plus souvent des pâtes au gruyère que des bifteck-frites pour des raisons budgétaires évidentes, ce qui ne correspondait pas plus aux directives officielles en matière diététique mais permettait d'éviter des émeutes... Difficile de garder des filles sous clé, avec des plaisirs plutôt limités, et de les nourrir de salade verte !

Les repas arrivaient sur des chariots, dans de grands plats en aluminium. La surveillante ouvrait la porte de chaque cellule, et les détenues chargées de la distribution servaient assiette par assiette. Quand je passais en cuisine, je soulevais toujours les couvercles pour voir ce qui mijotait. Ce n'était pas de la restauration de luxe, mais je faisais de mon mieux pour que ce soit correct, en multipliant les jours de frites par exemple, toujours très appréciées. Les filles prennent souvent du poids en détention, effet de la compensation par la nourriture et du manque d'exercice.

Les horaires de circulation libre étaient en gros de huit à onze heures et de treize à dix-sept heures trente, pour une détenue qui s'organisait de façon à profiter de toutes les possibilités : bibliothèque un jour sur deux, promenade, cours, sport, travail en atelier, ménage, travail en cuisine (les repas étant entièrement élaborés sur place), parloir, activités socioculturelles. Léa n'aimait pas rester enfermée, au contraire de ma détenue basque, par exemple, une surdiplômée qui passait tout son temps à lire des pavés, à écrire sur son ordinateur ou à prendre des notes. Elle n'abusait pas pour autant du sport – qu'elle n'aimait pas beaucoup – et pas davantage des ateliers créatifs où on apprend à faire des sacs ou des bijoux. C'était une fille comme tant d'autres de sa génération, plus intéressée par les DVD que par la poterie. Elle aimait bouger, servir les repas, travailler en cuisine ou même faire le ménage, tout était bon à prendre si ça lui permettait de s'activer.

Sa seule visite, trois fois quarante-cinq minutes par semaine, c'était sa mère, qui venait parfois accompagnée de sa grande sœur. Lucie était un réel soutien pour Léa. Bien qu'handicapée, elle était affectueuse et avait toujours des mots gentils pour sa cadette. Pour Léa comme pour toutes les détenues, le parloir était un moment très important. Une détenue peut avoir plusieurs dizaines de visiteurs munis de permis, dont certains ne viennent qu'une fois par an, voire moins. Mais le nombre de parloirs est de toute façon limité à trois par semaine. D'autres, en revanche, lâchées par leur famille et leur entourage, ne voient jamais personne. Léa a eu la chance que sa mère n'ait jamais faibli. Il lui fallait pourtant une heure et demie pour se rendre d'Aulnay-sous-Bois, où elle vivait, jusqu'à Versailles, et c'était un vrai sacrifice. Je l'ai connue par la suite, quand elle a été au courant de notre histoire. C'était une femme d'une grande gentillesse... peut-être trop grande. Elle était plutôt dépressive, ce qui est compréhensible quand on songe à ce qu'elle vivait, mais elle n'avait sans doute jamais eu l'autorité ni la force dont elle aurait eu besoin. Elle avait une confiance absolue dans les gens, y compris sa fille adolescente, et cela l'avait probablement rendue aveugle à bien des signes de malaise chez Léa.

Elle avait avalé beaucoup de couleuvres, beaucoup de mensonges. J'imagine qu'elle culpabilisait, comme tant de mères, en pensant à ce qu'elle aurait dû faire ou dire. Lorsque notre histoire d'amour a éclaté au grand jour et pris une tournure judiciaire, la mère de Léa ne s'est pas rendu compte des conséquences dramatiques que pouvaient avoir certaines déclarations. Elle voulait bien faire... mais ce n'était pas toujours le cas.

Les principaux loisirs et plaisirs de Léa étaient ceux de son âge : beaucoup de télé, avec une prédilection pour les émissions de téléréalité. Comme tout amoureux, il m'est ensuite arrivé de regarder les mêmes programmes pour me sentir proche d'elle, et nous échangions ensuite nos opinions, moi un peu affligé, elle très enthousiaste. Son côté gamine m'attendrissait. Elle raffolait des films sentimentaux, avec des univers et un romantisme qui l'emmenaient très loin de ce qu'elle avait vécu. Sur ce point, nous étions en accord. J'ai toujours été un sentimental, attaché aux symboles, aux promesses, incapable à quinze ans de jeter une canette de soda offerte par mon flirt, et me remémorant à la lettre des mots prononcés des mois ou des années plus tôt. Aujourd'hui encore, le souvenir des phrases de Léa reste vivace et me fait parfois sourire au milieu d'une journée. Elle suivait sans rien en perdre le feuilleton *Plus belle la vie*, aimait les films iraniens qui lui rappelaient son enfance, bien avant l'enfer, et rêvait d'une façon générale de tout ce qui existait avant le drame. Pour plus tard, elle rêvait du Canada ou de l'Australie, de grands espaces, loin de cette France qui l'avait vue chuter. Quand nous nous sommes rapprochés, elle était à deux ans maximum d'une libération conditionnelle, étant donné la longue durée de sa détention provisoire. Elle refusait de s'embourber dans le présent ou de pleurer sur le passé, elle se projetait hors des murs, comme le fait quiconque veut avant tout survivre.

La passion de Léa, qui avait contribué au piège qui s'était refermé sur elle, c'était la mode. Les détenues, surtout les jeunes, ont à cœur de soigner leur apparence parce que c'est capital pour l'estime de soi, pour ne pas sombrer, et plus encore parce que ça aide à tuer le temps. Les filles s'épilaient les sourcils, se faisaient des soins de beauté les unes aux autres, se lissaient les cheveux, ce qui était la grande mode à Versailles où les petits appareils électroménagers étaient autorisés. Les magazines féminins auxquels était abonnée la bibliothèque avaient plus de succès que les livres. La particularité de Léa, c'est qu'elle avait un véritable problème avec la séduction. Sans bien en être consciente, sans doute parce que sa mère n'avait jamais été assez ferme avec elle sur ce sujet et parce qu'aucun regard paternel ne s'était posé sur elle ni aucun regard masculin dénué d'arrière-pensées, elle arborait des tenues qui mettaient en valeur sa féminité sans en imaginer l'impact, et surtout sans tenir compte du contexte. Même vêtue d'un simple tee-shirt, son physique attirait déjà l'œil par ses formes généreuses. On peut bien sûr penser qu'elle jouait la naïveté, qu'il s'agissait des manipulations savantes d'une séductrice de choc, mais je ne pense pas que ç'ait été le cas. J'en veux pour preuve son comportement lorsque la police est venue l'arrêter chez elle au petit matin du 28 février 2006, après le drame. Quand les policiers lui ont demandé de s'habiller et de les suivre, elle n'a rien trouvé de mieux que d'enfiler le pantalon le plus moulant que l'on puisse imaginer et des cuissardes blanches. Elle trouvait sans doute que c'était « joli », ou qu'elle était « bien dedans » ! De même, à son procès, elle portait une robe avec du strass, et son avocate l'a rembarrée sans ménagement : « Tu ne peux pas rester comme ça, habillée comme une pute ! » (C'est sa mère qui m'a raconté cet épisode par la suite.) Léa avait dû trouver que c'était une bonne idée d'être à son avantage, sans réaliser qu'on ne s'habille pas pour un procès comme pour aller en boîte ! Elle aimait ce qui brille, les pantalons taille basse, les petites robes d'été, et jamais elle n'arborait la même tenue deux jours de suite, ni la même coiffure. Elle a été profondément blessée par la remarque de son avocate, vexée d'avoir fait des efforts pour rien, et surtout d'être insultée, elle qui n'aspirait qu'à se racheter. Plusieurs fois, j'ai essayé d'avoir une discussion à ce propos avec elle, et nous finissions invariablement par nous disputer parce qu'elle n'y voyait que de la jalousie de ma part, alors que je lui disais cela pour son bien, c'est-à-dire pour faire cette éducation qu'elle n'avait pas eue. Sa mère avait dû lui souffler des remarques, mais si doucement qu'elles restaient sans effet. Quand j'ai appris à la connaître et que nous avons abordé ce sujet, elle a lâché d'un air impuissant : « Vous savez, Léa, elle ne se rend pas compte... »

Léa n'a jamais été une détenue à problèmes, de celles qui provoquent des incidents. Elle avait son caractère, bien sûr, et des accès de colère compréhensibles chez quiconque doit supporter la promiscuité de l'enfermement en cellule, où toutes les émotions sont multipliées par dix. Une barre de chocolat volée et c'est la guerre. Plus tard, il lui arriverait de me dire, à propos d'une codétenue : « Je vais lui casser la gueule ! », mais c'était des mouvements d'humeur ponctuels et je n'ai jamais eu besoin de la raisonner. Elle n'a jamais « cassé la gueule » à qui que ce soit. C'était quelqu'un de sociable, elle avait une réelle capacité à se faire aimer des détenues comme du personnel parce qu'elle était souriante et généreuse. En liberté, jusqu'à ses dix-sept ans, elle avait toujours été plutôt calme, pas délurée avec les garçons, et même très critique envers les filles qui se montraient légères. C'était en partie lié à ses croyances religieuses, mais pas seulement. Léa était musulmane et avait la foi, mais une foi d'enfant, loin de toute vision radicale. Je crois surtout que son rêve était d'être « une fille bien », rêve qu'elle avait elle-même brisé. Elle n'avait jamais été fêtarde, ne s'était jamais droguée, n'avait jamais bu, était finalement moins sortie que la plupart des filles de son âge. Dans sa cellule, elle papotait avec sa codétenue, fumait une cigarette de temps en temps, et grignotait en regardant la télé, allumée en continu. Son emploi du temps ressemblait à celui de la plupart de mes « pensionnaires ». Le vrai problème de Léa était intérieur, caché, c'était son immense besoin d'être aimée. Et c'est cette faiblesse-là, émouvante, si distincte de son apparence, qui m'a touché, et a fini par me faire craquer.

Pendant ce temps, je menais ma vie à l'autre bout de la prison. J'arrivais le matin vers neuf heures. La MAF était à deux minutes de chez moi à scooter. J'habitais avec ma compagne, la mère de ma fille, et durant les premiers mois, je rentrais tard à la maison, un bel appartement de fonction de cent mètres carrés, avec boiseries, moulures et parquet Versailles. J'avais à cœur de changer un certain nombre de choses dans la prison, et il y avait du travail. Versailles est l'une des rares prisons pour femmes de France, avec, notamment, Rennes, Fleury-Mérogis et Fresnes. Mon métier n'a jamais occupé la totalité de mon existence, mais quand je prends une affaire à cœur, en l'occurrence un poste que beaucoup m'auraient envié, de surcroît à l'âge de trente-sept ans, je suis capable de déployer une énergie phénoménale, douze heures par jour. Mon bureau, d'une vingtaine de mètres carrés, sans charme, avait des murs jaunes et un sol de carrelage blanc. Les fenêtres donnaient sur les platanes de l'avenue de Paris. Il ne contenait que du mobilier administratif de base et des étagères sur lesquelles j'ai juste placé quelques statuettes, sans jamais prendre le temps de le décorer.

Je disposais d'une secrétaire efficace qui se trouvait dans le bureau adjacent et qui représentait un réel soutien. J'ai commencé à souffler fin 2008, lorsque j'ai nommé Sandra, une surveillante, responsable de la détention femmes, ce qui faisait d'elle ma principale collaboratrice. On m'a reproché de l'avoir choisie alors qu'elle ne faisait qu'un remplacement et n'avait pas le grade officiellement requis, mais c'était légal, et surtout légitime, car elle avait un réel talent d'organisatrice. Son travail et sa collaboration ont été décisifs dans toutes les transformations que j'ai pu mener à bien au sein de cet établissement.

Je m'efforçais de rentrer chez moi le plus souvent possible le midi, pour prendre un peu l'air. De temps en temps, je déjeunais dans un café voisin en compagnie d'un collègue, gradé ou non, mais c'était assez rare, sauf avec Sandra, avec qui j'ai tissé petit à petit des liens amicaux. Je menais la vie tranquille d'un fonctionnaire sans histoire. S'il arrive aux directeurs de prison de recevoir des ministres, ils ne passent pas leur temps à dîner dans de grands restaurants avec des notables, leur ordinaire consiste davantage à régler les problèmes qui se posent entre les murs de l'établissement dont ils ont la charge.

Outre le fonctionnement au quotidien de la prison, l'aspect administratif était assez lourd, même si j'avais le sens des priorités, c'est-à-dire du traitement circonstancié des directives que je recevais. Quand par exemple arrivait un ordre venu « d'en haut » – c'est-à-dire de la Direction interrégionale des services pénitentiaires, voire du ministère – que je jugeais quelque peu stupide, au lieu d'agir immédiatement j'attendais le contrordre qui ne manquerait pas de suivre, dès qu'une autorité sur le terrain tomberait sur le mail ou la circulaire concoctés par un fonctionnaire dans l'isolement de son bureau. Fonctionnaire, je l'étais aussi, mais pragmatique et réaliste.

J'ai tout vu au cours de ma carrière dans le registre de l'absurde. Par exemple, à la suite d'une évasion en hélicoptère, tous les directeurs ont reçu l'ordre de poser un panneau sur le toit de leur prison afin de signaler que la zone était interdite de survol. Quoi de mieux pour indiquer à des gangsters qu'ils se trouvaient au bon endroit, au cas où ils auraient été pris d'un doute ? Je crois que la mesure a été mise en œuvre dans certains établissements avant d'être abandonnée. Une autre fois, on nous a annoncé que tous les véhicules pénitentiaires allaient devoir porter sur le côté l'insigne de l'administration pénitentiaire – une balance et une étoile. Rien de tel pour se faire caillasser dans les cités ! Cela a été fait sur une partie du parc automobile, mais le bon sens a fini par l'emporter et l'autre partie est restée banalisée. Après une évasion par temps de brouillard, nous avons reçu un panneau à installer dans la cour de promenade, une sorte de « baromètre à brouillard », qui devait nous permettre d'interdire la promenade si on ne parvenait pas à le distinguer. Sauf qu'à Versailles la cour de promenade faisait quinze mètres sur dix... De la même façon, nous avons eu droit à l'interdiction des vêtements à capuche, qui rendent difficile l'identification des détenus en cas de bagarre. Mais à Versailles il n'y avait que des femmes, une vingtaine par sortie, toutes facilement identifiables quoi qu'il arrive. Rien à voir avec les cent ou deux cents lascars qui se côtoient dans une des immenses cours de Fleury !

En vingt ans de carrière, j'ai reçu un certain nombre d'instructions de ce type, le principe étant :

« Tout incident doit être suivi d'une mesure. » C'est ainsi qu'après la canicule de 2003 on s'est retrouvés chaque année avec un plan anticanicule qu'il a fallu appliquer même les étés où il faisait un temps de chien, avec distribution de brumisateurs, ventilateurs et bouteilles d'eau. Le principe de précaution, c'est bien, mais cela conduit parfois à gaspiller du temps et de l'argent. En règle générale, les directives sont rédigées pour les grands établissements. Les auteurs de ces instructions n'ont pour la plupart jamais travaillé dans une petite structure. Il est probable que certains d'entre eux en ignorent jusqu'à l'existence. Cela explique sans doute en partie le non-sens de certaines mesures.

La mise en œuvre de la nouvelle loi pénitentiaire entrée en vigueur en 2009 a aussi demandé pas mal de travail. J'ai même été convoqué très officiellement au Palais-Bourbon pour y être entendu sur les améliorations nécessaires à la condition des femmes détenues, comme le besoin d'une plus grande convivialité, tant entre détenues qu'avec le personnel. Durant toute la période d'élaboration de la loi par des députés avides d'informations, les directeurs ont été submergés de demandes de rapports d'activité, tantôt sur des questions essentielles comme le nombre de détenues par cellule, tantôt sur des statistiques d'un intérêt variable, par exemple une analyse de l'absentéisme des surveillants selon la saison et l'âge des intéressés, ou, plus cocasse, une étude comparative de la préférence des détenues pour la chicorée maison par rapport à la chicorée Leroux !

En arrivant le matin, j'avais déjà pris connaissance de la centaine de mails qui m'arrivaient quotidiennement, pas tous capitaux mais qu'il fallait lire, et auxquels je devais souvent répondre. J'avais un téléphone portable professionnel qui restait allumé vingt-quatre heures sur vingt-quatre et le courrier électronique me suivait à la maison, mais j'y jetais un œil surtout par acquit de conscience, ne répondant de chez moi que lorsque c'était absolument indispensable. Les problèmes complexes, je les réglais au bureau, où je passais la majeure partie de mon temps. Il y avait le courrier à traiter, bien sûr, les arrivées hebdomadaires, en général au nombre de trois ou quatre. La surpopulation n'était pas vraiment un souci à Versailles, car il y avait assez de place à Fresnes pour accueillir les détenues en surnombre. Le matin je faisais aussi le point avec les gradés, qui m'informaient sur le déroulement de la nuit, s'il y avait eu des incidents, si des détenues inspiraient de l'inquiétude. Je voyais aussi régulièrement chacun des soixante-dix membres du personnel, presque exclusivement féminin, comme c'est la règle chez les femmes, où seuls les gradés sont des hommes. Parfois, je recevais des visites de professionnels, en fonction ou en formation, élèves magistrats, avocats ou fonctionnaires du ministère de la Justice ou de la pénitentiaire. Je ne recevais dans mon bureau ni les détenus ni les parents de détenus, sauf exception pour ces derniers en cas de problème particulier. Je n'étais ni psychologue ni assistante sociale à plein temps.

Au fil du temps, j'ai lancé d'importants travaux d'aménagement, en supprimant notamment les cellules de six pour les transformer en cellules de quatre, car j'estimais que cohabiter à six était une véritable épreuve. Les appels d'offres, les devis, les projets de restructuration, tout cela faisait aussi partie de mon travail, et c'était ce qui me plaisait le plus, car les résultats en étaient concrets, visibles, et les bénéfices pour tous, évidents. Je préférais mille fois cela à la paperasse.

J'ai ainsi négocié un accord avec le groupe Auchan pour que l'ensemble de son catalogue soit mis à la disposition des détenues, ce qui nous libérait du tracas de la gestion d'un stock de produits revendus ensuite aux détenues. Grâce à cet accord, elles pouvaient choisir ce qu'elles voulaient pour leur quotidien, ainsi que des extras comme le fameux fer à cheveux, facteur de paix et de fraternité entre les femmes, ainsi que d'autres petits appareils électroménagers. Bien sûr, elles n'avaient pas droit à tout, notamment aux objets pouvant présenter un risque même indirect pour la sécurité, comme les aérosols de laque pour cheveux, car ils contiennent du propane et peuvent se transformer en lance-flammes grâce à un simple briquet, ainsi que l'alcool, évidemment. La plupart du temps, elles s'achetaient des produits de beauté et des friandises, des glaces ou des petites pizzas surgelées qu'elles conservaient dans le compartiment à glace. Auchan nous réservait aussi des produits dont la date de péremption était proche, ce qui donnait parfois lieu à des festins improvisés, comme le jour où les filles ont eu droit chacune à plusieurs tranches de saumon fumé en raison d'un arrivage inopiné qu'il fallait consommer rapidement.

Je m'efforçais d'entretenir de bonnes relations avec tout le monde. Le personnel s'est vite habitué à ma franchise, du moins pour la plupart. J'ai toujours eu du mal à mentir, à dissimuler mes sentiments ou à cacher ce que je pense. Mon comportement n'était pas différent avec ma hiérarchie, et je n'ai jamais hésité à défendre mes positions avec fermeté. Cela ne m'a peut-être pas rendu service lors de mon arrestation et par la suite, mais je n'y peux rien, je suis comme ça, autant pour des raisons de morale personnelle que parce que je n'aime pas les détours inutiles ni garder des choses sur le cœur. Je m'entendais bien avec les syndicats, notamment avec leur représentant, le surveillant M., qui a joué par la suite un rôle capital dans mon histoire avec Léa. Je n'ai menti au personnel que sur un seul sujet, Léa, mais bien plus tard, et notamment à Sandra, ma collaboratrice que j'estimais tant, le jour où elle m'a dit, un peu embarrassée : « Tu sais, on raconte des choses, à propos de toi et Léa… » Je le reconnais, j'ai triché. Je me souviens de lui avoir répondu : « On ne peut pas empêcher les gens de dire n'importe quoi… » Le mensonge était contraire à ma nature, mais si je lui avais dit la vérité, je l'aurais placée dans une situation intenable.

J'avais beau être accaparé par mon travail, la tête plongée dans les dossiers, je me rendais le plus souvent possible en détention, et notamment à la bibliothèque, car j'ai toujours voulu être un directeur abordable, pas quelqu'un qui vit dans sa tour d'ivoire. Plus les détenues étaient là pour longtemps, plus j'avais l'occasion de faire leur connaissance et de les revoir, car en outre j'échangeais toujours quelques mots avec elles dans les couloirs ou en cuisine. Leurs nombreuses récriminations passaient d'abord par les surveillantes, qu'elles voyaient quotidiennement, mais j'étais celui à qui on pouvait dire : « Il fait froid, monsieur le directeur, on est en octobre, là... » Il ne faisait jamais vraiment froid, mais la température était un thème récurrent. Un autre sujet de plainte habituel était la nourriture : « C'est pas bon » ; ou bien, si c'était bon : « Y en a jamais assez. » Il y avait les parloirs refusés, les objets interdits. En général, j'évitais de désavouer les décisions prises par des surveillantes ou des gradés, d'une part pour ne pas ouvrir une porte à l'insubordination, mais surtout parce que j'avais une bonne équipe, dont les décisions étaient généralement justifiées.

Les cuisines étaient un bon poste d'observation. Je parlais avec les détenues, je surveillais l'hygiène en jetant un coup d'œil dans les frigos, je goûtais, et je faisais semblant de ne pas voir qu'on fumait aux fenêtres. Lorsque je débarquais, il y avait encore des volutes dans l'air et il subsistait quelque chose du vent de panique qui avait soufflé lorsque mes pas avaient résonné dans le couloir. Je disais d'un air sévère : « Vous savez que c'est interdit de fumer dans les cuisines, bien sûr ? » Les filles me répondaient la bouche en cœur « Bien sûûûûr », et on en restait là. J'incarnais l'autorité, mais je n'étais ni un imbécile ni une brute épaisse braquée sur les sanctions, du moment qu'on manifestait une volonté de bien faire. La marge de manœuvre des détenues en dehors des clous est minime, et je n'allais quand même pas les mettre au mitard pour avoir profité d'un petit moment de détente en fumant une cigarette en cachette.

Avec les détenues, les relations pouvaient devenir cordiales au fil des mois et plus encore des années, mais jamais amicales. Tout au plus, il m'arrivait de leur faire des remarques positives, comme : « Ça vous va bien, cette coupe de cheveux ! » – et les plus audacieuses me répondaient : « Elle est trop belle, votre cravate ! » J'ai sans doute croisé Léa plusieurs fois avant de la remarquer. Elle m'a peut-être même adressé la parole. Je n'ai pas eu le coup de foudre ni je ne sais quelle révélation en croisant son regard, parce que j'avais l'habitude de côtoyer toutes sortes de femmes, plus ou moins jeunes, plus ou moins jolies, plus ou moins coquettes, sans voir en elles des femmes mais des détenues. Pas plus que je n'avais vu des amis dans les détenus hommes dont j'avais eu la charge auparavant.

Humain, je l'ai toujours été, c'était ma philosophie du métier, mais je n'ai jamais manqué de distance. Je n'étais pas programmé pour que m'arrive cette histoire incroyable ; en revanche, j'étais arrivé à un moment de ma vie où, sans doute, sans en avoir conscience, j'avais besoin qu'il se passe quelque chose, sur le plan professionnel aussi bien que personnel. Certes, tout allait bien, et je n'ai jamais été autodestructeur. Mais je n'ai jamais non plus supporté la routine.

3

Je n'avais pas le profil type du directeur d'établissement pénitentiaire, loin de là, et je pense que si on avait dit à certains de mes professeurs que l'adolescent dissipé qui lançait des bombes à eau avait suivi ce parcours, ils en seraient restés sans voix. Je n'étais jamais le dernier à mettre de l'ambiance en classe, ou à faire tourner un cours de chimie en expérience nucléaire, du moins jusqu'en seconde. Je n'étais pas en révolte contre le monde entier, seulement contre ma dépendance à l'égard de mes parents, qui ne partageaient pas du tout mes centres d'intérêt, et qui au fond ne comprenaient pas bien ce que j'étais en train de devenir. Mon père, maçon d'origine portugaise, était très imprégné par les valeurs catholiques, même si cela ne se manifestait pas forcément sur un plan religieux. Je fréquentais l'école privée catholique, mais uniquement parce que le niveau y était réputé plus élevé. Mes parents avaient à cœur que j'aie un meilleur métier qu'eux, même si ce tremplin avait un coût. Mon père avait en tout cas un sens de l'ordre et de la rigueur qui écrasait tout dialogue, en particulier sur les choses qui me tenaient le plus à cœur, les antiquités ou la musique classique. Ma mère, secrétaire, s'effaçait derrière lui et, comme je n'avais ni frères ni sœurs, je menais une existence solitaire dans ma chambre entre mon intérêt pour l'art, la peinture et la sculpture, Gustav Mahler et l'informatique. Je passais pas mal de temps à programmer des jeux sur un des premiers ordinateurs personnels. J'ai été parmi les premiers à avoir Internet, et j'étais capable d'y passer mes journées, notamment parce que le web s'est vite révélé la meilleure des bibliothèques pour moi qui apprenais l'histoire de l'art sur le tas et qui chinais avec passion. Aujourd'hui, je sais encore démonter un PC ou m'en construire un après avoir acheté les pièces détachées. Quand la police a perquisitionné chez moi et a vu l'engin peu courant qui me servait d'ordinateur, j'ai été fermement prié de coopérer pour éviter toute perte de temps due aux hésitations du laboratoire informatique !

Je n'ai jamais eu de joyeuse bande d'amis adolescents, je n'ai jamais été un grand fêtard ni un grand sportif, j'avais une vie intérieure très riche et quelques bons copains de classe qui venaient parfois à la maison, notamment pour « bidouiller » sur mon ordinateur. Nous habitions Bordeaux, dans un modeste pavillon, et je n'avais qu'une hâte, en partir, vivre ma vie, sans pour autant avoir des ambitions précises, ni même de l'ambition tout court. J'ai toujours aimé la liberté et la paix plus que tout au monde, sans doute parce que j'avais l'impression d'avoir un peu trop mon père sur le dos. Cela explique peut-être mon attachement ultérieur au respect des détenus : la prison est une peine suffisante pour que ne s'y ajoute pas l'humiliation au quotidien.

Malgré mon manque de discipline jusqu'à seize ans – je me suis fait virer du collège à la fin de la quatrième, de la troisième et de la seconde ! –, j'ai passé mon bac et me suis inscrit à la fac, en histoire. J'ai toujours été bon élève, en tout cas dans les matières qui me plaisaient, les langues, le français et surtout l'histoire, mais je ne pouvais pas m'empêcher de « mettre de l'ambiance » dans les cours des profs qui m'ennuyaient. Dans une autre vie, j'aurais pu être archéologue ou égyptologue, passionné que j'étais par le mystère des civilisations. Etre professeur d'anglais ou d'histoire ne m'aurait pas déplu non plus. J'ai toujours aimé enseigner, et c'est ce que j'ai fait dans l'armée où j'ai atterri en devançant l'appel six ou huit mois après la rentrée universitaire. Je ne supportais plus la géographie qui faisait partie du cursus, et pas davantage de vivre encore chez mes parents comme un grand enfant, alors qu'à dix-neuf ans je me sentais capable de voler de mes propres ailes. Le jour du recrutement, quand l'officier a demandé qui était bac +2, j'ai bluffé, subitement pris de panique à l'idée d'atterrir dans les commandos ou chez les fusiliers marins, où les gens avaient la réputation d'être assez frustes. Mais que l'on ne se méprenne pas là-dessus à la lumière de ce qui est arrivé ensuite : c'est le seul coup de bluff de ma vie. Pour le reste, j'ai toujours été sincère, même quand ça m'a coûté très cher. En fin de compte, j'ai eu la chance d'être envoyé à Ajaccio, à la base d'Aspretto, sur le golfe.

Pendant dix mois, j'ai subi pour la première fois une forme d'autorité sans en souffrir, parce que malgré la discipline on me laissait libre de mener ma vie comme je l'entendais. Je m'occupais de la formation professionnelle des appelés et des engagés, avec des cours de français, d'orthographe, je faisais de l'alphabétisation, et je dispensais quelques notions d'histoire ou de culture générale. Je me suis fait de bons copains sur la base, où l'on partageait un quotidien sympathique, avec baignade, voile, plongée et soleil. Bien sûr, je ne garde pas le meilleur souvenir des tours de garde, gilet pare-balles de vingt kilos sur le dos par crainte d'une hypothétique attaque du FLNC, sous un soleil de plomb, devant une grille que personne ne franchissait. Tous les quinze jours, je rentrais à Bordeaux, non sans mal. C'était tout un périple, qui commençait par le trajet depuis Ajaccio jusqu'à la base de Solenzara, sur la côte est. Là, avec les appelés de l'armée de l'air, j'embarquais à bord d'un Hercule C160 qui nous emmenait à la base d'Istres, près de Marseille. Ensuite je prenais le train pour Bordeaux. J'avais une belle motivation : ma petite amie, avec qui je suis resté sept ans.

Depuis mes dix-sept ans, j'ai presque toujours été en couple, des histoires qui ont duré successivement deux ans, puis sept, puis quinze avec celle qui est devenue la mère de ma fille, et qui a subi de plein fouet l'histoire qui m'a terrassé. Non, je ne suis pas cet homme à femmes qui a été décrit dans certains médias, ni un tombeur de détenues, ni un sale type ou un imbécile qui aurait accordé des privilèges à des filles qui monnayaient leurs charmes. L'amour a toujours compté énormément pour moi et je reste un incurable sentimental. Je suis attaché aux lieux, aux symboles, mais aussi aux marques concrètes d'affection. A l'époque de mon service, je ne manquais jamais de téléphoner régulièrement depuis une cabine à ma petite amie étudiante à Bordeaux, et avec Léa, vingt ans plus tard, nous avons usé et abusé de tous les moyens modernes de communication, textos, mails et Facebook, en plus des lettres. J'ai des passions solitaires, comme mes enchères d'art sur eBay ou mes visites à Drouot, mais dans la passion à deux, je suis plutôt de nature fusionnelle. Après mon arrestation, l'une des choses qui m'ont le plus fait souffrir, c'est qu'on m'a pris les lettres de Léa, que j'avais l'habitude de relire… du moins celles qui étaient agréables, car si nous nous sommes aimés, nous nous sommes aussi terriblement déchirés, comme dans tout amour impossible.

Après mon service militaire, en novembre 1990, je suis rentré chez mes parents, le temps de stabiliser ma situation professionnelle pour prendre un appartement. J'ai exercé divers métiers, qui m'ont à peu près tous déplu. J'ai été commercial pour une société qui vendait des assurances vie à domicile, mais j'aimais trop le contact avec les gens pour leur raconter des histoires dans le but de leur vendre ma marchandise. J'ai arrêté au bout de six mois, et je suis entré chez McDo, mais les perspectives n'y étaient pas fameuses. Je me cherchais, et comme je n'ai jamais eu les deux pieds dans le même sabot, je savais surfer sur les vagues qui passaient. Un beau matin, je suis tombé dans le journal *Sud Ouest* sur un article qui vantait les carrières dans l'administration pénitentiaire : possibilités d'évolution, fonctionnariat, responsabilités. L'ENAP (Ecole nationale de l'administration pénitentiaire) se trouvait alors en région parisienne, à Fleury-Mérogis (elle est située à Agen depuis 1994), ce qui me permettrait de quitter à nouveau le domicile parental. Je ne me suis pas posé beaucoup de questions sur la nature du métier au quotidien, me disant qu'il fallait déjà réussir le concours d'entrée. J'imaginais un travail assez statique, basé sur la technologie, avec des écrans à surveiller, alors que sans le savoir je m'orientais vers un métier presque sportif : on en parcourt, des kilomètres de coursives, dans une carrière ! Dans l'exercice de mes fonctions, j'allais aimer tout ce à quoi je n'avais jamais pensé : aider les autres, se sentir utile, écouter, avoir un rôle dans la vie d'autres hommes. A l'époque, le concours n'était pas bien difficile pour quelqu'un qui avait le bac, ce qui n'était le cas que de 30 % des candidats. Calcul, dictée, bases en culture générale, et c'était gagné.

La théorie et la pratique se succédaient sur quatre mois de formation. Les deux premiers mois de cours nous apprenaient la réglementation de base dans les établissements, les droits des détenus, leurs devoirs et les nôtres, quelques notions de droit pénal et de secourisme, mais à l'époque pas de psychologie.

Mon premier contact avec l'univers carcéral a eu lieu à Fleury-Mérogis, véritable ville construite en pleine campagne dans les années soixante, et pouvant héberger jusqu'à cinq mille détenus : au bout d'une heure, j'ai cru que j'allais partir ! C'est la prison la plus glaciale et la plus oppressante que je connaisse, avec ses longs couloirs, son éclairage blafard au néon, sa sécurité hyper-technologique.

En passant par différentes prisons, on se forge une meilleure idée de ce qu'il faut faire ou ne pas faire, et des lieux où l'on a envie de travailler. J'ai vite compris que, dans les grands établissements, la lourdeur du fonctionnement est telle que les hommes ne pèsent pas lourd : le meilleur des directeurs ne peut rendre humaine une fourmilière de cellules sans totalement réformer le système. Ce qui m'a le plus intéressé dès que j'ai commencé à gravir les échelons, c'est de pouvoir influer sur la vie quotidienne derrière les barreaux, pas d'avoir du pouvoir pour en jouer.

Quatre mois plus tard, j'étais en poste à la prison de la Santé, une ville en plein cœur de Paris, où sont enfermés plus de deux mille détenus, mais dans des bâtiments du XIXe siècle, nettement moins glaçants. Pas de murs blancs mais des vieilles pierres, des plâtres qui s'écaillent et des barreaux rouillés. Cette prison n'est pas pour autant la moins confortable : l'âme des lieux, si l'on peut dire, compte beaucoup dans le moral des détenus.

J'ai passé plus de trois ans à la Santé et j'en ai gardé un bon souvenir, peut-être parce que c'était la première fois que j'étais vraiment en fonction. Si j'avais été mieux classé, j'aurais opté pour le sud de la France, mais je ne me déplaisais pas à Paris. J'avais loué un studio à Montmartre, un quartier qu'en tant qu'amoureux de la peinture je n'avais pas choisi au hasard. Je peignais moi-même beaucoup, des toiles abstraites, c'était l'essentiel de mes loisirs, une passion née vers mes dix-huit ans. J'ai sympathisé avec un peintre, qui m'a proposé de le suivre dans un squat d'artistes. Je n'en ai pas eu l'audace, mais la vie de bohème m'a toujours attiré. Le week-end, je faisais des allers-retours en TGV à Bordeaux pour voir mon amie.

Mon arrivée à la Santé avait pourtant été rude : le premier jour, j'ai assisté à une scène que je n'ai jamais revue en vingt ans de carrière, un passage à tabac. Un détenu avait eu le tort de rentrer en retard de la promenade et, malheureusement pour lui, c'était un gringalet, étranger de surcroît. On était le jour de l'an, et la brute de gardien qui lui a infligé une correction, comme on dit, était de toute évidence sous l'empire d'un réveillon trop arrosé. En réalité, cet homme fêtait le nouvel an plusieurs fois par semaine, l'alcoolisme chronique étant à l'époque un problème courant que j'ai vu diminuer au fil des ans, à la suite de strictes mesures ministérielles. Ces « matons » à l'ancienne ont été en partie remplacés par des crânes rasés qui ne valent guère mieux, mais avec le temps la transparence s'est améliorée. Le passage à tabac s'est déroulé dans une pièce isolée, sous le regard de sept ou huit collègues passifs et goguenards. Quand je me suis approché et que j'ai compris ce qui se passait, je me suis tout de suite interposé en expliquant que je ne trouvais pas ça drôle, que c'était d'autant plus minable qu'ils ne passaient manifestement pas leurs nerfs sur un caïd. J'ai eu droit à des regards de travers, j'étais le blanc-bec qui vient de débarquer, et on m'a averti que j'en verrais d'autres. De fait, je n'en ai jamais vu d'autres, et je ne l'aurais pas supporté. Je n'ai rien divulgué pour autant, mais les choses se sont sues, et ça m'a valu de me faire traiter de balance pendant un an, après un sévère rappel à l'ordre par la hiérarchie. Plus tard, le gardien concerné s'est excusé lorsqu'il a compris que je n'y étais pour rien. A l'époque, l'esprit de corps en prison n'avait pas que du bon : je ne tenais pas à être solidaire de ce genre d'individus.

J'ai toujours été partisan de dénoncer les dysfonctionnements, mais je suis rapidement devenu réaliste quant aux problèmes, voire aux drames, difficilement évitables qui peuvent survenir entre les murs. Les livres dénonçant les dérives de la prison souffrent pour moi d'un grand défaut : ils condensent vingt ans d'incidents en deux cents pages et donnent l'impression que tout s'est déroulé en l'espace d'un an. C'est oublier qu'il se passe aussi de belles choses en prison. J'ai vu des détenus condamnés à de longues peines sauvés par l'amitié des surveillants avec qui ils effectuent des tâches communes. Quand je dirigeais l'établissement d'Aurillac, j'ai vu un type de cent kilos tapi au fond de sa cellule, en pleine crise de démence, jurant de massacrer quiconque l'approcherait. Personne ne savait quoi faire, jusqu'au moment où un surveillant qui avait été un de ses potes de bistrot m'a soufflé : « J'ai une idée, laissez-moi faire... » Il a doucement interpellé le détenu par son surnom : « Déconne pas, Nounours », et l'homme a complètement lâché prise. Quand on traite un détenu avec le respect que mérite tout homme, il est rare qu'il réagisse mal, mais cela réclame un minimum d'intelligence et de doigté, car les détenus, qui ont parfois les nerfs à fleur de peau, flirtent souvent avec les limites du règlement. Chaque fonctionnaire pénitentiaire doit être capable de donner un sens à son quotidien professionnel. Très tôt dans ma carrière j'ai fait le choix d'apporter de l'humanité, de l'écoute et du soutien, en premier lieu par pragmatisme, par habitude ensuite, et, enfin, par conviction. J'ai vite compris que le métier demande deux qualités contradictoires, qu'il faut savamment doser pour atteindre un juste équilibre : la rigueur et la souplesse. La rigueur parce qu'il faut savoir marquer de quel côté de la barrière on se trouve et ne pas se laisser aller à un excès de familiarité. La souplesse parce que l'enfermement met les nerfs à vif et qu'il faut s'adapter à la situation psychologique du détenu, au contexte, ne pas appliquer aveuglément la règle « parce que c'est la règle » mais l'interpréter selon les cas. Je me souviens par exemple d'un rapport d'incident à Versailles, dans lequel une surveillante qui n'avait pas très bonne réputation se plaignait de s'être fait insulter par une détenue. L'enquête avait établi que c'était bien le cas, mais aussi que la détenue en question – qui venait, en une semaine, de perdre son frère, de faire une fausse couche et de rencontrer je ne sais quel autre problème – avait été sermonnée par la surveillante pour avoir demandé une serviette hygiénique par la fenêtre aux filles de la cellule voisine. Il est certes interdit de communiquer par la fenêtre, mais c'était tout de même à se demander laquelle des deux méritait d'être sanctionnée. Je m'en suis sorti en noyant le poisson, c'est-à-dire en évitant de punir la détenue tout en permettant à la surveillante de ne pas perdre la face. De la même façon, un jour j'ai accordé à une mère qui n'avait pas vu son enfant depuis des années et venait enfin de renouer avec lui un parloir « élastique » : la durée réglementaire était de quarante-cinq minutes, mais je lui ai laissé tout le temps dont elle avait besoin, et elle a passé avec lui une partie de l'après-midi.

Je n'aime pas végéter, et après trois ans et demi passés à la Santé, j'avais envie de changement. J'avais déjà progressé hiérarchiquement au sein des murs, puisque après avoir été surveillant de base dans les coursives j'étais devenu surveillant au greffe, un poste administratif qui consiste à s'occuper des écrous et levées d'écrou. Je prenais mon métier très au sérieux, comme il le mérite, et je m'occupais davantage de ma carrière que de ma vie privée, comme c'est souvent le cas quand on débute dans la vie active. Mon histoire avec ma petite amie bordelaise s'étiolait, et de toute façon les chances étaient minces qu'il y ait moins de huit cents kilomètres entre nous si j'étais nommé ailleurs.

Puis a été créé le concours d'officier pénitentiaire, qui permettait de monter en grade et auquel je me suis aussitôt inscrit. La différence de salaire n'était pas énorme, du moins en début de carrière, mais l'intérêt du travail, si ! L'officier est plus autonome, on lui confie des responsabilités plus importantes, et à plus long terme il peut espérer diriger un établissement – ce que je ne savais pas à l'époque. J'appréciais la sécurité de l'emploi inhérente au statut de fonctionnaire mais je n'aurais jamais supporté d'exercer le même métier au même endroit pendant quarante ans.

Le concours comportait d'abord deux épreuves écrites : une dissertation sur un sujet de culture générale et une synthèse de documents, deux exercices qui ne présentaient pas de problème pour moi, même si les sujets sur lesquels je suis tombé ne me passionnaient guère (la Politique agricole commune et les nuisances sonores !). Comme je n'étais pas idiot, que j'écrivais un français correct et que je lisais le journal, je m'en suis bien sorti. Il y avait ensuite une épreuve orale plus complexe, puisqu'il s'agissait d'une table ronde organisée avec plusieurs candidats et plusieurs examinateurs pour simuler des situations de crise, par exemple une inondation. Le but était d'évaluer notre sens de la prise de décision, de l'écoute, de notre sang-froid, etc. Nous étions plusieurs centaines de candidats pour sept places. J'ai été reçu et je suis devenu le plus jeune officier de France de la pénitentiaire. J'avais vingt-cinq ans.

Je me suis retrouvé à Saint-Mihiel, près de Verdun, où je suis resté de 1995 à 1996. J'étais prêt à tous les efforts d'adaptation nécessaires, mais j'étais quand même né à Bordeaux, et tant les rigueurs de l'hiver dans l'Est que l'atmosphère du centre où j'étais affecté, dont la mission était la réinsertion des détenus en fin de peine, ont fait que je n'en garde pas le meilleur souvenir. L'ambiance était sinistre, le sens de la psychologie pour le moins limité, et pour me détendre pendant mes heures de liberté, je me suis tourné vers la seule attraction locale, les cimetières de poilus, où j'ai fait de belles photos de croix sur lesquelles perle le givre…

Au début, je traversais la France en voiture tous les quinze jours jusqu'à Bordeaux, puis mon histoire a pris fin, notamment parce que je suis tombé amoureux de la femme avec qui j'allais faire un bon bout de chemin, sans toutefois imaginer tout de suite que c'est elle qui ferait de moi un père. On s'apprivoisait et on profitait de notre jeunesse. En juin 1996, j'ai passé l'examen de formateur des personnels de la pénitentiaire, parce que je pensais que cette fonction me plairait et me ramènerait à mes premières amours, le métier d'enseignant auquel je me destinais en m'inscrivant en fac d'histoire. Depuis, j'avais découvert le monde de la prison, un univers où, curieusement, le personnel est plus libre que dans toute autre administration. J'ai obtenu mon diplôme sans difficulté et en septembre, après avoir acquis quelques rudiments de pédagogie, j'ai été affecté à Poissy, en région parisienne, où ma compagne m'a rejoint un an plus tard.

J'y ai exercé l'une des fonctions les plus gratifiantes de ma carrière sur le plan humain. Entre autres missions, je préparais les candidats aux concours de la pénitentiaire. Par la suite, quand j'apprenais la promotion de certains de mes élèves au rang de chef d'établissement alors que je les avais aidés à devenir officiers, j'en ressentais une certaine fierté. Pendant trois ans, j'ai enseigné aux autres ce que j'avais appris, j'ai en quelque sorte passé le relais à des élèves avec qui j'aimais discuter, même si je n'ai jamais vraiment eu d'amis très proches, à force de migrations professionnelles.

Je suis certes sociable, mais je ne vais pas au café, je ne fais pas de sport, je n'appartiens à aucun club de passionnés, qu'il s'agisse d'aviron ou de bridge, et j'ai passé ma vie à déménager, toujours très occupé, d'abord par ma carrière, ensuite par ma compagne, avec qui je tentais de préserver des moments privilégiés. Mes seules fréquentations amicales étaient des gens pour qui j'étais « le patron », autant dire que ni eux ni moi ne pouvions être entièrement nous-mêmes. Avec certains, j'ai noué des relations assez personnelles pour boire un verre avec eux de temps à autre, ou déjeuner ensemble, voire parfois dîner le samedi soir avec nos compagnes, mais je n'ai jamais eu de confident ni de « vieux pote » avec qui partir en vacances.

Cela dit, la façon dont ont réagi certains que je pensais être des proches au moment de mon affaire m'a rendu lucide sur la nature humaine : je suis confiant et optimiste, mais je sais désormais que lorsqu'on se retrouve au ban de la société, on ne peut plus compter sur grand monde. Mon histoire avait de quoi choquer les gens qui n'ont jamais été confrontés à une situation hors norme.

Après trois ans en tant que formateur, j'ai postulé aux fonctions d'adjoint de directeur d'établissement. J'ai été nommé en 1999. J'avais trente ans. J'étais jeune, bien plus jeune que ceux qui occupaient ce poste et que leurs chefs d'établissement, qui approchaient souvent la cinquantaine. Dans ce métier, on prend sa retraite à partir de cinquante-deux ans, ce qui est largement mérité après trente ans derrière les barreaux. J'ai eu la chance d'être affecté à la maison d'arrêt de Lure, près de Belfort, entre les Vosges et le Jura. C'était encore l'Est, mais rien à voir avec Verdun et, surtout, les circonstances tragiques dans lesquelles j'ai pris mes fonctions ont transformé ma mission en véritable leçon de vie, car le précédent « patron » s'était suicidé, et celui qui l'avait remplacé, à six mois de la retraite, était un homme extraordinaire, soucieux de passer le relais, l'un de ces êtres qui en quelques mois de fréquentation vous marquent pour la vie.

Je ne sais pas si la sagesse de ce grand homme était liée à sa pratique du karaté à un très haut niveau, mais il est resté pour moi une référence constante dans mes fonctions ultérieures. Il avait beaucoup d'humanité, de droiture, et un calme inébranlable en toute circonstance. On pouvait lui dire : « Tout un pan de la toiture s'est effondré », il ne manifestait aucune agitation et traitait l'affaire avec la plus grande sérénité. C'est aussi lui qui m'a le mieux parlé de l'état d'esprit qu'il fallait adopter, qui m'a expliqué des choses dont je n'avais pas encore pleinement pris conscience, comme l'impératif du détachement, d'avoir une vie à soi, de laisser autant que possible les problèmes de la « boutique » derrière soi en rentrant à la maison. Le contexte tragique dans lequel nous avions été nommés m'a aidé à comprendre à quel point on peut facilement se laisser submerger par la pression. Après une courte phase d'observation, il m'a dit : « Tu es jeune, tu es dynamique, tu as carte blanche ! » Je ne me suis pas fait prier : rien ne m'est plus cher que la liberté d'action. Malgré tout, à Lure, compte tenu de l'obligation de disponibilité, il n'était pas vraiment possible de laisser la « boutique » derrière soi en rentrant à la maison : on pouvait être appelé en plein dîner, voire au milieu de la nuit, pour écrouer quelqu'un. La procédure n'a pas grand intérêt, il faut vérifier l'identité, la conformité des cachets, du titre de détention, prendre les empreintes, etc., mais un simple surveillant ne peut en assumer la responsabilité.

Je suis resté deux ans et demi à Lure, adjoint d'un autre patron qui ne m'a pas laissé grand souvenir, mais lors de la courte période d'intérim entre les deux nominations, j'ai exercé la fonction de chef d'établissement. Cela m'a valu un avis très favorable de la Direction interrégionale des services pénitentiaires. J'ai fini par postuler à la direction d'une maison d'arrêt, et sur décision d'une commission qui en réfère au ministère, j'ai été affecté à Aurillac.

En novembre 2001, je me suis donc installé à Aurillac avec ma compagne et ma fille, née à Lure six mois plus tôt, preuve que j'avais suivi les conseils de mon mentor en réservant une belle place à ma vie privée. A Lure, nous nous en donnions à cœur joie dans les brocantes – surtout moi – et je commençais à accumuler des objets d'art en tout genre, ainsi que de véritables antiquités que j'achetais en salle des ventes. J'aimais moins l'acquisition et la possession d'un objet que les recherches nécessaires pour y parvenir. Ces objets étaient le reflet du mode de vie d'autres civilisations, le testament de générations passées, et rien ne m'émerveillait plus que de trouver des empreintes digitales laissées dans l'argile trente siècles plus tôt, et les mystères qu'il fallait parfois éclaircir. J'assouvissais ma passion de chercheur et, pour ne pas vivre dans un fatras, je n'hésitais plus à revendre certaines pièces... pour en acheter d'autres. C'est ainsi que sont nées mes passions, au fil de la vie, et par la suite j'ai aussi commencé à collectionner des tableaux du XIXe, oh, pas des tableaux de grands maîtres, mais en tout cas d'élèves doués. Partout où je me suis trouvé en France, j'ai pu m'adonner à mon passe-temps favori. Quand, devenu un paria, j'ai dû, faute de domicile fixe, vendre ou ranger dans des cartons tout ce qui me faisait vibrer, mon sentiment de perte d'identité s'en est trouvé aggravé.

Dans les premiers temps, à Aurillac, j'ai dû donner un grand coup de collier, mais j'étais formidablement assisté par le meilleur adjoint qu'il m'ait été donné d'avoir. Il avait un bon contact avec tout le monde, était efficace et autonome, nous formions vraiment un bon duo. Je m'entendais bien également avec un autre de mes collègues, qui est devenu une des rares personnes que je voyais en dehors du travail. Il venait prendre l'apéritif à la maison, mais là encore, en raison des mutations des uns et des autres, nous ne sommes pas restés en contact.

A Aurillac, mon travail a été reconnu et j'ai été nommé commandant à trente-trois ans, ce qui était inédit. En revanche, par la suite, j'ai toujours refusé les promotions qui m'étaient proposées, car elles m'auraient inévitablement conduit vers de grandes structures ingérables et vouées à l'échec telles qu'on les construit depuis quelques années. Ces établissements reposent sur une organisation qui passe le plus clair de son temps à gérer les dommages qu'elle provoque elle-même. Un système schizophrénique dans lequel je n'ai jamais souhaité m'impliquer.

Je menais une vie sans heurt, mais au bout de six ans, c'était redevenu une routine, et j'avais besoin d'adrénaline. J'aime aussi le train-train, je n'ai pas la haine des pantoufles et, même, j'en ai besoin. Aujourd'hui, je rêve de ces dimanches où je dépliais mon journal avec l'esprit libre ! Dans mon souvenir, Aurillac reste une période bénie, tout simplement parce qu'elle a précédé Versailles. Versailles où le pire est arrivé. Où j'ai tant perdu. Souvent, je me dis que si je n'avais pas postulé pour être muté en 2007, rien ne serait arrivé. Ma vie aurait suivi un cheminement normal, mon avenir serait assuré… Mais ce qui est fait est fait.

4

J'ai remarqué pour la première fois l'existence de Léa au printemps 2008, à l'occasion d'un défilé de mode. Elle se trouvait donc à Versailles depuis six mois déjà, mais je n'avais pas spécialement fait attention à elle, même si je l'avais forcément croisée. Le défilé avait été organisé par les responsables de l'atelier confection. Les filles y recevaient une formation à l'issue de laquelle elles obtenaient un petit diplôme qu'elles pouvaient faire valoir à leur sortie. Le podium, prêté par la mairie, avait été dressé au rez-de-chaussée, en bas des coursives. La détention femmes est un bâtiment de deux étages de cellules réparties en fer à cheval. Les coursives le long des rambardes à barreaux offrent une vue globale des étages, du rez-de-chaussée au plafond. C'est un modèle classique, qui permet une surveillance aisée en embrassant l'ensemble du bâtiment d'un seul regard. Il y a des filets à tous les étages au cas où une fille serait tentée de se jeter dans le vide pour mettre fin à ses jours.

C'était une journée un peu particulière dans la mesure où toutes les détenues étaient autorisées à descendre ensemble pour assister au spectacle. Des événements de ce type, à caractère festif, il y en avait environ une fois par trimestre, par exemple l'arbre de Noël ou la fête des Mères, à laquelle assistaient les enfants des détenues, ou encore la Fête de la musique. Je me tenais debout tout au fond, pas vraiment détendu ni très attentif au spectacle puisqu'un directeur redoute toujours d'éventuels débordements favorisés par les rassemblements, tout comme l'occasion de « faire une connerie » que cela peut représenter pour des détenues déprimées restées dans leur cellule. Les surveillantes avaient donc pour ordre de rester vigilantes, de ne pas se laisser captiver par le spectacle, et de multiplier les rondes auprès des femmes qui n'avaient pas voulu descendre. Quelques administratifs extérieurs à la prison, des « officiels » de la réinsertion, étaient assis au premier rang, et une dizaine de filles ont défilé, arborant fièrement leurs créations. Parmi elles se trouvait Léa.

On m'a souvent demandé, et les journaux y sont tous allés de leur avis sur la question, si Léa était à ce point irrésistible pour que je tombe entre ses griffes – c'est la version « Léa la manipulatrice » – ou pour que j'en perde tout sens déontologique – c'est la version « Gonçalves le pervers aveuglé par le désir ». Les deux sont fausses. Le physique n'a eu aucune incidence sur notre histoire, du moins au début. Léa avait bien sûr la beauté de ses vingt ans, mais objectivement elle n'était pas la plus belle fille du monde, même si, bien sûr, c'est ce que j'ai fini par penser ! Elle était – elle est toujours – très jolie, avec un physique persan, « pas arabe ! », comme elle ne cessait de le préciser, non sans raison. Née en Iran de parents iraniens, ses traits étaient plus proches de ceux des Indiennes que des Maghrébines, mais comme toutes les Orientales elle avait des yeux noirs en amande et la peau mate. J'ai une passion pour l'archéologie et l'histoire, dont le berceau est en Orient, mais je n'ai pas pour autant le fantasme de « l'Orientale » : pour dire les choses simplement, Léa n'était pas mon type, et je n'étais pas non plus le sien, comme on se l'est plus tard avoué en riant.

Le jour du défilé, Léa semblait très à l'aise dans son corps, comme d'autres détenues à l'air très affranchies, mais comme la plupart elle souffrait en réalité d'un incroyable manque de confiance en soi et des complexes propres à son âge : hantise des rondeurs, doutes sur son image, recherche infinie d'un « look ». Elle était fascinée par le monde de la beauté et de la mode. A seize ans, elle avait posé pour des photos vaguement « de charme », ce qui lui avait valu de se retrouver flanquée d'un éducateur. Ces clichés ont été reproduits dans la presse. Ils la montrent sous le plus mauvais jour par rapport à ce qu'on lui reproche, épaule dénudée et moue aguicheuse. Ce n'était pas du tout son attitude ce jour-là. De son franc sourire émanaient une fraîcheur et une joie véritables. On aurait dit une gosse heureuse. Elle tranchait au milieu de détenues parfois physiquement usées, ou très abattues. Je me suis dit : « Elle est jolie, cette fille. Elle sort du lot. » Je ne lui ai pas parlé et je n'ai pas envisagé de le faire. Je suis retourné dans mon bureau pour me consacrer à mes dossiers, et le soir je suis rentré chez moi, sans une seule pensée pour elle.

Il n'y avait pas la moindre chance que je tombe amoureux d'elle comme tombe amoureux quelqu'un qui est en demande ou fragilisé, pas la moindre chance que je sois victime d'un coup de foudre, même si on dit que ça peut arriver à n'importe qui, n'importe quand : je n'étais pas disponible, je n'étais pas malheureux, et j'étais le contraire d'un coureur. Je n'ai jamais cessé d'aimer ma compagne. Comme je n'ai cessé de le répéter quand on m'a soupçonné de chercher l'aventure entre les murs, il aurait été beaucoup plus simple de faire ça à l'extérieur, et ça m'aurait coûté moins cher ! J'aurais mieux fait de faire appel à une call-girl, si l'on songe aux risques que me faisait courir une histoire d'amour avec une détenue, l'interdit absolu, l'impensable avec un grand I. Quand bien même mon esprit particulièrement tordu m'aurait poussé à rechercher l'amour en prison, pourquoi ne pas tenter de séduire une des surveillantes, ce qui aurait eu des conséquences infiniment moins dommageables ? Léa et moi, nous nous sommes aimés au fil du temps, en apprenant à nous connaître. L'histoire ne pouvait pas commencer autrement que malgré nous. On ne peut pas dire non plus qu'elle ne risquait rien de son côté : cela lui a coûté des réductions de peine, puisque sa première demande de libération conditionnelle, en mai 2011, a été rejetée, en raison de notre arrestation quatre mois auparavant. Si nous ne nous étions pas aimés, Léa se serait retrouvée plus tôt en liberté.

En décembre 2008, Léa a intégré les cuisines, où je passais de temps en temps. Les cinq filles affectées à la cuisine et au ménage, les deux tâches allant de pair, appréciaient ce travail parce que cela leur permettait d'être hors de leur cellule de sept heures à midi et de quinze heures à dix-neuf heures. C'était pourtant des tâches ingrates, entre l'épluchage de dizaines de kilos de légumes (dont beaucoup de pommes de terre) et des heures de plonge puisque nous n'avions pas de lave-vaisselle. L'investissement était prévu, encore une chose que je n'ai pas eu le temps de mener à bien. Les filles n'étaient payées que neuf euros par jour, mais il y avait souvent plus de candidates que de places. On les choisissait en fonction de leur comportement et du degré de confiance qu'on leur accordait, dans la mesure où une partie de leur travail se faisait un couteau à la main. Elles devaient formuler la demande par écrit à un gradé, le formulaire atterrissait sur mon bureau, je le signais machinalement, en jetant un coup d'œil au nom, mais les gradés étaient censés savoir si la détenue ferait l'affaire ou non.

J'avais peut-être parlé à Léa deux ou trois fois avant qu'elle n'arrive en cuisine, mais je ne me souviens pas d'avoir vu passer sa demande. J'ai dû la voir une fois tous les quinze jours en pointant mon nez au-dessus des casseroles pendant les trois premiers mois, et je savais qui elle était puisque les détenues qui restent longtemps en maison d'arrêt sont rares. Cela signifie que leur affaire est suffisamment grave pour réclamer une longue instruction, alors que la plupart des femmes incarcérées à Versailles le sont pour des délits et non des crimes. Léa était très sympathique, vive, avec une gouaille de banlieue mais un vocabulaire plus riche que celui de beaucoup d'autres, c'est tout ce que je pouvais en dire jusqu'en février 2009, quand elle m'a demandé de la recevoir.

Son procès – le premier puisque le parquet ferait appel du jugement – était fixé au 29 avril 2009. L'entretien a eu lieu dans le petit local qui servait de bureau d'audience au rez-de-chaussée. Léa voulait savoir si elle retrouverait sa place en cuisine après deux mois et demi d'absence pour cause de procès à Paris, auxquels s'ajoutaient quinze jours préalables de transfert à Fresnes, les détenus étant souvent transférés dans la maison d'arrêt dépendant du tribunal qui doit les juger. Je lui ai dit que rien ne s'y opposait. Ma réponse ne pouvait pas la satisfaire pleinement : son vrai problème, c'est qu'elle était très angoissée. Elle gardait la tête baissée, se mordillait les lèvres, comme je l'ai toujours vue faire dès qu'elle était mal. Je voyais bien qu'elle avait besoin de parler. Elle rencontrait le psy une heure par semaine, et avait la compagnie de trois codétenues à cette période. Cela pouvait difficilement suffire à apaiser son mal-être. Elle a brisé le silence en me lançant d'un air abattu :

« Vous savez pourquoi je suis là, j'imagine...

— Oui, plus ou moins. Vous allez devoir être courageuse. »

Son procès s'annonçait comme l'un des procès de la décennie, une affaire ultra-médiatisée, qui mêlait vingt-sept inculpés à différents degrés, une batterie d'avocats célèbres, des politiques et des associations de lutte contre l'antisémitisme, qui avaient contribué à ajouter au caractère crapuleux du drame (au départ un enlèvement avec demande de rançon) un caractère antisémite (le leader du « gang » se faisait appeler Oussama et la victime avait été choisie parce qu'elle était juive, en raison du préjugé selon lequel juif égale riche). Sans connaître le dossier, je savais que Léa, âgée de dix-sept ans au moment des faits, ignorait, dans sa naïveté, les tenants et les aboutissants de l'horreur qui avait suivi : les sévices subis par Ilan Halimi et sa mort. Elle était totalement dépassée par les proportions qu'avait prises l'affaire. Lors de notre entretien, elle ne m'en a pas dit grand-chose d'ailleurs, sinon de manière vague : « Vous savez, je ne pensais pas... Je ne croyais pas que ça finirait comme ça... Si j'avais su... » Je n'ai rien dit, ce n'était pas mon rôle, et je n'avais aucune raison à ce moment-là de me départir de cette attitude. Je ne donnais jamais mon avis sur les faits qui avaient conduit les détenus sous mon toit, c'était pour moi un principe élémentaire.

En février et jusqu'à son départ à Fresnes, qui a dû avoir lieu vers la mi-avril, elle a régulièrement demandé des audiences, tous les quinze jours environ. Elle n'était pas la seule à le faire, mais les autres affaires étaient rarement aussi lourdes. Cependant, des détenus encourant la perpétuité, angoissés à l'approche de leur procès, j'en avais vu en vingt ans de carrière... A cette époque, nos entretiens duraient à peine une dizaine de minutes, et nous évoquions son anxiété et surtout le verdict qu'elle redoutait. Comme si j'étais devin, elle me posait la question que tous les détenus ont l'habitude de poser autour d'eux :

« Vous croyez que je vais prendre combien ?

— Je ne sais pas, je ne peux pas dire... Mais soyez confiante, et surtout soyez sincère au procès. »

De temps à autre, je croisais ses avocats qui sortaient du parloir, on finissait par se saluer comme c'est le cas quand les visites s'étirent sur une longue période d'instruction et d'attente :

« Faut qu'elle tienne bon, ça va être dur... mais nous sommes confiants, c'était une gosse... »

Léa était en effet l'un des deux mineurs pris dans la toile d'araignée de Fofana, et pour cette raison l'audience se tiendrait à huis clos, comme le veut la loi s'agissant de mineurs. Ses avocats, maître Gilles Antonowicz, et plus encore maître Dominique Attias, une femme, étaient très prévenants avec elle. Pour ma part, il m'arrivait de lui dire en douceur : « On récolte souvent ce que l'on sème, non ? »

Un jour, j'ai fini par me plonger dans son dossier, un pavé de cent pages, beaucoup plus épais que les autres. Il disait, dans l'ordre et sans pudeur, beaucoup de choses que Léa me racontait dans le désordre et en filigrane, une vie sans bonheur qui allait se trouver étalée dans la presse, des faits sordides dont elle était le maillon faible et, malheureusement pour elle, capital. Le dossier contenait une partie biographique mais aussi des expertises psychiatriques, le point crucial des deux étant l'absence de père, qui la hantait et, au fond, l'avait perdue. Elle ne l'a jamais vraiment connu, même s'il l'a reconnue à sa naissance en Iran. C'était un homme violent, qui a quitté très tôt le domicile familial. Léa a été élevée par sa grand-mère et sa mère, et n'a revu son père qu'une fois, à dix ans, peu de temps avant qu'il meure. Elle a manqué à la fois de l'autorité et du sentiment de protection qu'aurait pu lui procurer un vrai chef de famille. La seule figure masculine de son entourage familial était un oncle qui a abusé d'elle quand elle était enfant. Léa rêvait d'un homme protecteur, loyal, qui ne lui ferait pas de mal. Une psychologue à qui elle a parlé de notre histoire ne s'y est pas trompée : « C'est l'amour d'un père que vous trouvez en lui. » Léa ne le niait pas, moi non plus, même s'il y avait également autre chose, un amour romanesque, un amour digne d'un film, qui nous fascinait tous les deux, image dont nous étions autant prisonniers que de nos sentiments.

C'est après la mort de son père que Léa, alors âgée de onze ans, est arrivée avec sa sœur et sa mère en France, où elles ont obtenu le statut de réfugiées politiques. Elles ont d'abord atterri chez une cousine installée en région parisienne et ont vécu ensuite des mois durant dans un foyer de misère, avant d'obtenir un appartement, puis un petit pavillon, grâce au courage de sa mère, devenue aide-soignante et assez prudente pour mettre de l'argent de côté et obtenir des prêts bancaires. Dès son arrivée en France, la mère avait fait franciser leurs prénoms. Un itinéraire d'intégration exemplaire en quelque sorte, pour des gens qui arrivaient dans un pays sans en connaître ni la langue ni la culture. Du jour au lendemain, Léa a perdu un père fantôme et une langue maternelle, c'était en soi un sacré bouleversement. Elle était de culture musulmane et sur certaines photos on la voit petite, à sept ou huit ans, portant le tchador comme c'est l'obligation en Iran. Dès qu'elles ont posé le pied en France, sa mère, sa sœur et elle l'ont enlevé, mais je mesure le choc culturel que cela a dû représenter pour elles. Léa croyait en Dieu et la prison avait sans doute ranimé sa foi, qui se manifestait par le soin qu'elle mettait à faire ses cinq prières quotidiennes. La foi de Léa était simple, une foi d'enfant en un Dieu tout d'amour.

L'adolescence l'avait fait basculer dans le mauvais camp, celui des jeunes de banlieue livrés à eux-mêmes. Elle avait un besoin maladif de reconnaissance autant que d'amour. Elle se rapprochait des garçons qui selon elle la mettaient en valeur, c'est-à-dire puissants, autoritaires, et pas forcément fiables, des petits caïds un peu machos, qui franchissaient parfois les limites de la légalité, voire se comportaient en criminels. En 2002, alors qu'elle avait quatorze ans, Léa a dû surmonter le drame d'un viol collectif. Des copains de son âge l'ont attirée dans un appartement sous prétexte de faire leurs devoirs, et Léa, naïve comme je l'ai connue, a dû se sentir flattée et arriver toute pimpante. Elle a porté plainte, mais la police a dit à sa mère : « Habillée comme elle est, faut pas s'étonner, alors la plainte... » La mère, second drame, s'est rangée à leur avis, mettant presque la parole de Léa en doute : c'était moins d'ennuis que la perspective d'un long combat judiciaire. Que ces comportements odieux de policiers dénués de psychologie et de sens moral existent encore, c'est une réalité. Sauf qu'à quatorze ans, avec le manque d'estime dont souffrait déjà Léa, et le précédent quand elle était enfant, il y avait eu une cassure. Elle avait fait une tentative de suicide. Trois ans avant l'affaire Fofana.

La vie sentimentale de Léa se réduisait à peu de chose quand elle est arrivée en prison : une histoire sérieuse à l'âge de quinze ans, qui avait duré deux ans, et des flirts plus ou moins dérisoires, où elle n'avait pas forcément « couché ». Elle regardait d'un œil critique ses copines un peu légères sur la question. Sur le plan affectif, la vie de Léa ressemblait à celle de beaucoup de détenues. Souvent, derrière un acte délictuel ou criminel, on trouve une vie faite de trahisons, puis un homme qui sert de déclencheur. On pourrait presque dire que derrière toute détenue se cache un salaud, sinon plusieurs. Pourtant, Léa était intelligente, instinctive, mais ce qui la tirait vers le fond pouvait se montrer plus fort que sa conscience. Comme dirait l'avocat général dans son réquisitoire lors de son procès : « Léa est une fille à la personnalité complexe, qui a des états de conscience, des doutes, une mineure pas perdue, c'est une tempête dans un cœur, une jeune fille qui choisit toujours le pire. »

Sa mère comme les services sociaux ont assisté à sa dérive, au point que Léa a très vite fait l'objet d'une mesure d'éducation en milieu ouvert, sans grand résultat. Elle ne m'a jamais dit un mot de son éducateur ! Pour la rentrée de septembre 2005, à l'âge de dix-sept ans, sa mère l'avait inscrite dans un internat, consciente que la surveillance y serait plus étroite, au moins pendant la semaine. Mais, en décembre de la même année, Léa avait été visée par un signalement de l'Aide sociale à l'enfance pour les fameuses photos

« de charme ». C'est dans cet internat qu'elle est devenue l'amie de Nolwenn, qui connaissait Fofana parce qu'elle habitait pas loin de chez lui, à Bagneux. C'est elle qui les a présentés l'un à l'autre. En février 2006, la vie de Léa a basculé.

En lisant les comptes-rendus dans la presse au moment du procès, j'ai mesuré l'écart entre le portrait que certains faisaient d'elle – une manipulatrice sans scrupule – et la gamine que j'ai eue en face de moi, une fille fragile qui avait grandi sans vrai tuteur pour pousser droit, et même plusieurs pour partir de travers. C'est cette fille-là qui m'a touché, c'est elle que j'ai aimée, connue pendant deux ans, jour après jour, pas la protagoniste d'une affaire dont j'ai pris connaissance sans vouloir m'y attarder, une tragédie qui avait pour point de départ une heure de sa vie.

A Versailles, j'ai aussi eu comme détenue une gamine qui avait mis le feu à une boîte aux lettres pour se venger d'une rivale et avait provoqué la mort de dix-huit habitants de l'immeuble. Que ceux qui ne comprennent pas comment j'ai pu ne pas juger Léa en pensant aux conséquences de son geste interrogent sincèrement leur conscience et se demandent s'ils ont toujours pleinement anticipé les conséquences de leurs propres actes. Qui n'a jamais meurtri quelqu'un sans le vouloir ? La plupart des gens ont de la chance : les petits délits, les petites bêtises qu'ils commettent n'entraînent pas la mort d'un homme. Cette chance, Léa ne l'a pas eue.

Son rôle d'appât était aussi un rôle de marionnette entre les mains d'un adulte de vingt-sept ans qui avait su lui présenter les choses : « Tu attires ce type pour qu'on l'enlève en vue d'une rançon, on te donne cinq mille euros... Mais non, on ne lui fera pas de mal ! Dans deux jours, on a l'argent, et c'est réglé. » Léa avait eu des réticences, mais elle avait cru ce que lui disait ce type sûr de lui et impressionnant, surtout qu'il avait ajouté : « D'autres filles ont essayé, elles ont raté, mais toi, personne ne te résistera ! » Elle disait aussi avoir voulu renoncer au dernier moment, mais Fofana lui avait dit, sur un ton nettement moins aimable : « Trop tard, tu ne peux plus reculer ! » Léa, même si cela peut sembler scandaleux de le dire, a aussi été une victime de Fofana, une victime coupable et justiciable, mais une gamine de dix-sept ans dont la vie a été fichue en l'air par une connaissance de quartier qui a abusé de sa confiance, de sa faiblesse et de son besoin d'argent.

L'affaire n'a jamais été notre principal sujet de conversation, mais quand il lui arrivait de l'évoquer, par bribes, c'était toujours avec le sentiment d'une culpabilité éternelle, des « je savais pas », et une impuissance douloureuse à refaire le passé maintenant qu'elle « savait ». Une fois ou deux, je me suis hasardé à lui dire qu'on ne coopère pas à un enlèvement, que l'on sache ou pas, mais je ne l'accablais pas non plus. Elle se sentait suffisamment coupable comme ça, au point qu'elle avait écrit à la mère d'Ilan Halimi, en février 2008, pour lui dire qu'elle souffrait d'avoir fait tant de mal, à elle comme à sa famille. Quand on tombe amoureux de quelqu'un, on a à cœur de réparer les blessures du passé afin de regarder l'avenir avec lui et de faire en sorte qu'il soit le meilleur possible, surtout si ce quelqu'un a une vingtaine d'années et n'a jamais vraiment connu le bonheur, c'est le moins que l'on puisse dire.

Juste avant son départ pour Fresnes, Léa se livrait à des pronostics, sombres mais réalistes :

« Les avocats, ils me disent quinze ans... » soufflait-elle, les yeux écarquillés par une durée presque égale à son âge au moment des faits.

J'essayais de la rassurer :

« On ne sait jamais, ce sera peut-être douze... »

Elle a lâché un jour en sortant de la petite salle d'audience où l'on se retrouvait :

« Je vous aime bien... Parce que vous êtes gentil ! »

Je l'avais un peu rembarrée, un directeur de prison n'aimant pas trop qu'on le voie sous un jour « gentil » :

« Vous n'avez pas à bien m'aimer. Et je ne suis pas gentil. Je fais mon travail. »

Elle avait haussé les épaules, l'air de dire « vous ne comprenez rien », et ajouté :

« Eh bien, les autres directeurs, ailleurs, ils n'étaient pas comme vous ! »

On en était restés là.

Quand Léa est partie à Fresnes, elle n'était plus tout à fait pour moi une détenue comme une autre : je l'aimais bien. Pourtant, il n'y avait à cette époque aucune ambiguïté et je me souviens d'avoir reçu d'elle une petite carte anodine, comme j'en avais reçu une d'une autre de mes « pensionnaires », Anaïs, mêlée à la même affaire sans connaître Léa pour autant.

Léa me donnait de ses nouvelles, comme je le lui avais peut-être demandé de le faire, sans familiarité aucune, et concluait en disant qu'elle espérait retrouver sa place en cuisine à son retour, ou quelque chose du même genre. Elle n'avait pas de perspective plus joyeuse à laquelle se raccrocher pour les x années à venir.

5

Pendant les deux mois et demi qu'a duré le procès, entre le 29 avril et le 10 juillet 2009, ma vie a continué comme avant, sans même que je prête un regard plus attentif aux informations. D'ailleurs, après le jour d'ouverture, les journalistes écrivaient beaucoup d'articles généraux mais pas grand-chose sur le déroulement des débats puisqu'ils se tenaient à huis clos. Puis le verdict est tombé. Je n'ai pas vraiment pris garde aux détails, et je n'ai pas aperçu une seule fois à la télévision le visage de Léa, qui était mineure au moment des faits, ni celui d'Anaïs, l'autre détenue impliquée. Si j'avais dû suivre les procès de tous les détenus qui ont croisé mon chemin, j'y aurais passé mes journées, et je n'ai, encore une fois, pas d'intérêt pour les faits divers, sans doute parce que ces tragédies ne relèvent pas pour moi de la fiction mais d'une réalité qui influe directement sur le destin d'autres êtres humains. Les peines allaient de la perpétuité avec vingt-deux ans de sûreté pour Fofana, le leader, à l'acquittement pour des filles qui n'avaient participé à rien. Léa écopait de neuf ans, mais je ne sais même plus comment je l'ai appris, par les bruits de couloir sans doute. Ce n'est en tout cas pas elle qui me l'a annoncé. Je n'ai pas le souvenir de l'avoir croisée avant mon départ en vacances d'été puisqu'elle a dû rester quinze jours de plus à Fresnes avant d'être transférée à nouveau à Versailles. Je sais seulement qu'elle n'a pas eu le temps d'envisager pleinement la longueur de sa peine puisque le parquet a fait appel du jugement. Tout était donc à refaire. Cela n'arrive que dans des affaires qui ont une résonance particulière, où il y a une volonté d'exemplarité (les crimes d'Action directe ou l'affaire Clearstream), liée en l'occurrence à la mobilisation des associations de lutte contre l'antisémitisme. Cette décision du parquet avait été prise à la demande du ministre de la Justice, ce qui est à ma connaissance rarissime. L'appel avait deux buts : que les peines prononcées soient à la hauteur des réquisitions de l'avocat général, donc plus lourdes, et que le huis clos soit levé. J'avais déjà assez d'affection pour Léa pour ne lui souhaiter ni l'un ni l'autre. Neuf ans pour une grosse connerie commise à dix-sept ans, même si les conséquences en avaient été dramatiques, je trouvais que c'était suffisant. Et elle n'avait pas besoin de faire la une des journaux à visage découvert, elle avait déjà assez honte comme ça.

J'ai revu Léa en août, à mon retour de vacances. C'est là que notre histoire a véritablement commencé, avant tout aveu, avant tout geste, et si discrètement que je n'ai rien vu venir. La première fois que nous avons reparlé, j'ai fait comme j'aurais fait pour une autre détenue, en évoquant les généralités propres aux jugements :

« Même s'il y a appel, ne soyez pas inquiète... Vous n'allez pas passer de neuf à vingt ans ! »

La peine pouvait en réalité passer à quinze ans devant le tribunal de Créteil, qui rejugerait entièrement l'affaire, sans tenir compte du jugement du tribunal de Paris, mais j'ai su trouver les mots qui la réconfortaient, stylo à la main :

« Regardez, de toute façon, même si vous preniez douze ans, par exemple, votre détention provisoire a été tellement longue que cela ne changerait pas la date à laquelle vous êtes conditionnable, c'est-à-dire dès la fin du procès. »

Elle ajouta :

« Mais ça veut dire encore un procès de deux mois, deux mois avec... "ça"... Et il aura lieu quand ? J'en peux plus de ne pas savoir... »

Je ne voulais pas qu'elle se laisse envahir par des pensées négatives, et j'essayais de redresser la barre sur un mode qui, quelques semaines plus tard, sonnerait bien ironiquement : je lui ai parlé de son avenir sentimental. C'est un ressort efficace auprès des détenues. Leurs projets professionnels sont en général assez limités, mais elles aspirent au bonheur et à l'équilibre sur le plan privé.

« Vous êtes intelligente, vous êtes jolie, vous trouverez quelqu'un de bien un jour...

— Un jour, ouais, c'est ça, mais quand ? Quand je sortirai ? A quel âge ?

— Avec les réductions de peine, vous sortez dans quelques mois, âgée de vingt-deux ou vingt-trois ans.

Il y a des gens qui refont leur vie bien plus tard, vous savez ! C'est normal de s'engager à vingt-trois ans, c'est même rare de le faire avant. »

Les mauvais jours, quand je faisais miroiter l'espoir, Léa haussait les épaules, comme si elle ne croyait plus à rien, mais en général elle essayait de me présenter son meilleur visage. Quand elle n'allait pas bien, je le devinais surtout à ses silences, et à ses lèvres, qu'elle mordillait en évitant mon regard.

Les bons jours, elle arrivait sur son trente et un, ses beaux cheveux noués en deux grosses tresses. J'ai fini par la baptiser, d'abord en mon for intérieur, Pocahontas !

Elle me lançait : « Alors, je vous explique, pour mon diplôme... », et elle me parlait gaiement de l'avenir, avant de finir par :

« On est bien, ici, quand même. J'ai de la chance d'être à Versailles, et puis c'est chouette, avec les filles, depuis qu'on a le freezer, on se fait des soirées télé en mangeant une glace. »

J'essayais de rectifier un peu le tir quand elle était comme ça aussi :

« Vous savez, vous êtes quand même en prison, hein... Faudrait pas l'oublier !

— Ouais, bon, ça va, hein... On a remarqué ! »

Elle était furieuse !

Je n'ai vraiment pas senti que je tombais amoureux, et personne ne pouvait non plus s'étonner que je parle à Léa une fois par semaine en audience, et épisodiquement en cuisine ou quand nous nous croisions dans les coursives. Souvent, nous n'étions même pas seuls dans la petite salle d'audience, et je savais aussi me montrer présent auprès d'autres « longues peines » quand un procès éprouvant venait de se terminer. J'ai toujours été quelqu'un d'accessible, sachant écouter quand il le fallait. Je ne discutais pas qu'avec elle, et j'ai toujours fini par connaître un peu les détenues en « séjour prolongé ». Il y avait par exemple une détenue quinquagénaire, très cultivée, qui avait été faussaire et avait côtoyé les plus grands collectionneurs et les plus prestigieux commissaires-priseurs. Inutile de dire à quel point son cas m'intéressait ! Je discutais aussi avec Anaïs, la jeune femme impliquée dans la même affaire que Léa, qui au départ avait donné du fil à retordre à l'équipe de surveillants. Elle les avait assaisonnés d'une telle bordée d'insultes qu'elle avait été punie de mitard. Je l'ai convoquée pour lui expliquer ma façon de fonctionner et nos intérêts réciproques. A sa sortie en conditionnelle en avril 2010, je m'étais montré avec elle comme avec Léa, presque paternel, c'est-à-dire bienveillant mais clair :

« Vu l'affaire à laquelle vous êtes mêlée, vous n'avez vraiment pas intérêt à vous faire remarquer. Pour rien. Vous fumez un pétard, vous repartez pour trois ans ! »

J'exagérais à peine. Quand j'ai appris récemment qu'elle avait un emploi, un compagnon qu'elle s'apprêtait à épouser et qu'elle attendait un bébé, j'ai été heureux. On aime se sentir utile, ne pas avoir le sentiment d'avoir fait du gardiennage pour revenir à la case départ.

Ainsi, j'ai fini, au fil des années et à force de patience, par adoucir un peu ma détenue basque. A vingt-six ans, elle était tout de même soupçonnée d'être l'auteur d'un double meurtre, chef de combat de l'ETA, spécialiste en explosifs et armes à feu, un curriculum à vous glacer le sang, autant que son attitude fermée au premier abord. Plongée dans ses livres, elle sortait de sa cellule le moins possible et au début nos discussions étaient un peu stériles :

« Vous ne voulez pas sortir ?

— Non.

— Ça pourrait vous intéresser, l'atelier sculpture ?

— Non.

— Vous n'avez aucun intérêt pour la couture ?

— Aucun.

— Et la poterie ? »

Elle levait les yeux au ciel. A la fin de sa détention préventive à Versailles, quand elle a été transférée (par mesure de sécurité, une DPS ne reste jamais longtemps dans la même structure), elle s'était inscrite à la sculpture, à la couture et à la poterie. Je n'en avais pas fait un ange, mais on m'a dit qu'en partant elle avait les larmes aux yeux. On ne peut pas appeler ça un succès, mais malgré tout il n'était pas mauvais pour son avenir qu'elle brise un peu sa carapace.

Ce n'est pas mauvais pour le moral du directeur non plus, puisque des échecs, on en a. Et même de sacrés coups durs. Le pire est évidemment le suicide, une hantise pour toute la profession. Et pas seulement pendant la détention. Je me souviens d'une jeune fille qui devait avoir vingt-deux ou vingt-trois ans, dont nous avons fait la levée d'écrou, un matin comme un autre. Elle était restée très peu de temps, je ne sais même plus ce qu'elle avait fait. Elle avait menti à ses parents sur sa date de libération, prétendant qu'elle sortirait trois jours plus tard. Elle s'était rendue en Seine-Maritime, sa région d'origine, et s'était jetée le jour même d'un aqueduc, en laissant son sac à main bien en évidence sur le parapet, ses papiers à l'intérieur. Elle avait tout prémédité, sans que personne ne se doute de rien. Un gradé m'avait juste fait savoir qu'elle ne se lavait plus, signe de dépression que nous n'avions pas assez pris au sérieux. Je me suis dit : « Cette fille allait horriblement mal, et on n'a rien vu. » On culpabilise... à tort. Si les psys ne voient parfois rien, pourquoi le personnel de l'administration pénitentiaire verrait-il mieux ? Quelques jours après le drame, son père m'a appelé. Il m'a submergé de questions dont je n'avais pas la réponse, accablé de reproches, avant de m'écrire une longue lettre pour me demander pourquoi je l'avais libérée... Parce qu'elle avait purgé sa peine, c'était aussi simple que ça ! Mais sa peine judiciaire seulement. Contre les autres peines, on essaie de faire quelque chose, mais on reste parfois bien impuissant.

Ce que je disais à Léa n'était pas sans effet. Je l'avais par exemple encouragée à couper les ponts avec un certain nombre de relations qui ne lui seraient pas d'un grand secours à sa sortie, à interrompre des correspondances avec un ou deux détenus dans la même affaire, avec tel petit voyou appartenant à son passé. Son intelligence, sa volonté d'avancer me surprenaient. Nous étions très différents, presque opposés, par notre passé, nos cultures, nos centres d'intérêt, mais cela donnait lieu à des conversations intéressantes, des échanges de points de vue. Nous étions comme un puzzle qui se complétait tout seul, les pièces se présentant et s'imbriquant l'une après l'autre. Plus nos rencontres se multipliaient, plus Léa arrivait détendue. Et jolie. Jamais habillée pareil, jamais coiffée pareil. Tout en elle m'étonnait, de son look à son raisonnement. Je finissais par attendre le jour où une audience était prévue parce que nous passerions ensemble un bon moment. Ces jours-là, j'arrivais le cœur plus léger. Je pouvais avoir des dossiers à lire, des difficultés à gérer, je faisais tout plus facilement. Au fil du temps, je venais à la prison en pensant à elle. Je rentrais chez moi en pensant à elle... Et jamais je n'ai compris que je tombais amoureux ! Chez moi, l'atmosphère était tranquille. Je commençais à mener une double vie, mais tellement intérieure et tellement interdite que j'avais de nombreuses raisons de ne pas m'en apercevoir.

Si j'en avais eu conscience, je n'aurais sans doute pas eu l'idée de proposer à Léa une mission qui allait nous rapprocher plus encore, et nous laisserait seuls, en tête à tête. J'avais le projet depuis un moment de mettre en place avec une enseigne de la grande distribution un système qui permettrait aux détenues de cantiner ce qu'elles voulaient. Les magasins Auchan ont accepté. Les détenues auraient le choix parmi plus de cinq mille produits à prix normal au lieu de soixante-dix au tarif pénitentiaire, forcément plus chers. C'était une mesure novatrice dans l'histoire de la pénitentiaire, et qui mettait fin à un système vieillot considérant que les détenus devaient payer dans tous les domaines. Je n'ai jamais compris ce qu'il y avait de pédagogique à acheter six euros un gel douche qui en vaut deux, j'estime même que c'est plutôt propre à aiguiser un sentiment de révolte. Plus tard, après m'en avoir félicité, mes détracteurs ont dit que j'étais un directeur « trop sociable », mais peu importe. Je ne crois pas que l'on puisse être trop sociable : rapprocher la prison de l'extérieur n'est-il pas une de nos missions ?

Le système impliquait qu'une détenue devait s'en occuper sur le plan informatique. Je n'ai pas eu l'embarras du choix puisqu'il fallait que la personne réponde à plusieurs critères : je ne pouvais pas prendre une « fin de peine », qui partirait sitôt formée ; je devais la connaître depuis assez longtemps pour lui faire confiance ; elle devait déjà faire partie du service général pour que je n'aie pas à créer un poste budgétaire supplémentaire (on a raconté qu'elle avait deux emplois, ce que j'ai précisément cherché à éviter, elle bénéficiait juste d'une modeste majoration de salaire) ; il fallait une fille qui ait quelques notions d'informatique, le maniement de l'ordinateur au moins. Confier cette mission à Léa était aussi une façon de nourrir son estime de soi, tellement dégradée par moments. En la choisissant, je lui disais : « Vous voyez, vous pouvez être quelqu'un de bien, on vous fait confiance. » Enfin, atouts supplémentaires, je l'aimais bien et elle était futée. Même avec le recul, en toute objectivité, je n'avais pas de choix plus judicieux que Léa. Est-ce qu'inconsciemment j'avais envie de me rapprocher d'elle ? C'est possible. Par définition, je ne le saurai jamais.

Pour les besoins de la gestion des commandes, chaque vendredi, de seize heures à dix-huit heures, nous nous retrouvions seuls en salle d'informatique, à l'abri des regards. J'ai appris à Léa à se servir d'Excel, etc. Ça lui plaisait. Elle comprenait vite. Elle me faisait rire. Ce qui a tout changé, c'est que nous étions dans une relation prof/élève plutôt que dans une relation directeur de prison/détenue. Même s'il restait une différence de position hiérarchique entre nous, nous n'étions plus chacun d'un côté du bureau, avec le caractère officiel que peut donner en prison un dialogue autour d'une table, qui figure un monde, séparant deux personnes. Nous étions côte à côte, physiquement comme psychologiquement. Une fraternité au-dessus d'un clavier et un travail commun nous réunissaient. On parlait de ce que l'on faisait, on commentait les commandes, elle me racontait les « bruits de coursives », les petites querelles entre filles, et de temps à autre on se lançait des vannes. De plus en plus amicales. Parfois, nos corps se frôlaient, nos mains se superposaient brièvement. Ça ne me laissait pas indifférent. Mais je chassais les « mauvaises pensées ». Cette période a duré quatre mois. Quatre mois où mon envie d'être avec elle grandissait chaque semaine sans que j'y voie un problème, ni par rapport à ma fonction, ni par rapport à ma situation conjugale, tant l'interdit était puissant, tant j'étais bardé de défenses.

Je sentais bien que la distance entre nous diminuait. Je sortais de nos rencontres de moins en moins indemne, et quelques audiences venaient s'ajouter aux séances du vendredi – je ne sais d'ailleurs pas si la logistique réclamait chaque fois ma présence : au début, sans doute, mais très vite une impatience s'y est mêlée, et même une joie. Si Léa ne prenait pas l'initiative de me rencontrer dans le petit bureau, je la convoquais pour une raison quelconque, dans l'inconscience la plus totale de ce qui me motivait, et même le franc déni. Je me disais : « J'aimerais bien savoir si son moral est meilleur... », ou encore « Je me demande si elle s'en est sortie pour la commande de la semaine ». Je n'avais pas le droit de m'avouer que j'étais passé de l'autre côté, que je m'étais attaché à elle. Mais sur le trajet de retour chez moi le soir, puis une fois à la maison dès que j'étais seul avec moi-même, je ne faisais que penser à ce qu'elle m'avait dit la dernière fois que je l'avais vue. J'y voyais au départ un intérêt professionnel : grâce à elle, les informations sur l'ambiance en détention me remontaient plus directement que si j'interrogeais le personnel. Mais les pensées qui me hantaient relevaient de plus en plus du registre privé. Je réfléchissais aux blessures si profondes et si nombreuses chez une si jeune fille. Elle me prenait aux tripes en me parlant avec les siennes, une franchise qu'elle n'avait jamais eue avec personne, disait-elle. Je voulais bien le croire, étant donné les abus, les trahisons et les manipulations dont elle avait été victime, de la part des hommes en particulier. Elle me bouleversait. Et parfois aussi, elle savait me faire rire, partager sa gaieté. L'air de rien, elle avait changé ma vie. Elle y avait mis du sel. Elle avait brisé la routine. Elle était entrée, sans que je m'en aperçoive, dans mon existence puisque la sienne ne se cantonnait plus dans mon esprit aux quatre murs de sa cellule. Complètement aveugle sur ce qui m'arrivait, tout doucement, imperceptiblement, sans coup d'éclat et sans coup de foudre, j'étais tombé amoureux... Mais aujourd'hui encore, j'ai du mal à dater le début de cet amour tellement je l'ai longtemps refoulé.

Un jour, au tout début du mois de décembre 2009, Léa a demandé à me voir, et je l'ai reçue dans le local de la bibliothèque, une petite pièce de quatre mètres sur trois qui se trouvait au deuxième étage, avec une cloison vitrée donnant sur le puits des coursives. Je m'y rendais souvent pour « prendre la température » ou pour une audience avec une détenue du deuxième étage, où se trouvait la cellule de Léa, la cellule 30, toute proche. Nous étions face à face, assis à la petite table carrée en formica, et Léa me semblait plus sérieuse que d'habitude. Elle a abattu ses cartes très vite, sans doute parce qu'elle avait eu le temps de répéter la scène. La part de malice qui s'y mêlait ne m'a pas échappé : son coup de théâtre était une façon de me tester en direct. Elle m'a annoncé :

« Voilà, j'ai demandé à être transférée. »

J'ai ressenti un pincement au cœur bien vite relayé par de l'incompréhension ou, plutôt, un début d'intuition : la prison de Versailles, c'était l'établissement dont auraient rêvé bon nombre de détenues de

France. Une ambiance « familiale », exclusivement des femmes, soixante-dix places environ, un personnel accessible grâce à la taille plutôt modeste de la « maison », en quelque sorte une prison à visage humain. Je ne sais plus où elle avait demandé son transfert, à Orléans je crois, un choix aberrant par rapport au lieu de résidence de sa mère. Alors pourquoi voulait-elle partir ? Sinon... pour s'éloigner de moi. Et aussi mesurer ma réaction, évidemment. J'ai rassemblé tout mon sang-froid pour demander aussi posément que possible :

« Et... pourquoi ? »

Elle a répondu d'une voix assurée :

« J'ai un problème !

— Très bien... Dites-moi... »

Elle a lâché la bombe :

« Mon problème, c'est vous ! »

J'avais le souffle coupé, mais j'ai réussi à continuer, imperturbable :

« Comment ça... moi ? »

Elle était gonflée à bloc, plus franche que jamais :

« Ben, vous ne comprenez pas ? »

J'étais tiraillé, partagé entre l'espoir d'un aveu interdit et la peur de l'inéluctable impasse qui irait avec :

« Je crois comprendre... mais je voudrais être sûr de bien comprendre... »

Elle n'a plus dit un mot. J'ai mis fin à l'entretien sur le ton le plus professionnel possible :

« Entendu. On en reparle. »

Quand elle est partie, j'étais sonné, vidé. Cette conversation avait été une épreuve. C'était la charnière entre les semaines passées, où je me camouflais mes sentiments sous des montagnes de mensonges, et les mois à venir, qui nous réservaient autant d'émotions inouïes que de souffrances. J'étais pourtant bien loin d'imaginer le cataclysme qui allait bouleverser ma vie personnelle, professionnelle, sociale, financière, morale, toute ma vie... Je suis resté comme assommé par l'évidence, mais je me suis encore débattu dans l'hypocrisie aussi longtemps que j'ai pu, c'est-à-dire les deux jours qu'elle m'a laissés avant de me tendre une lettre à la première occasion, au détour d'une coursive :

« Tenez, vous la lirez. »

Je l'ai lue, je ne sais même plus où, dans mon bureau sans doute, fébrile. Comme si je savais ce que j'y trouverais, qu'il y aurait un avant et un après. Avant, quand on peut faire semblant de ne pas savoir. Et après, quand on ne peut plus, et qu'en un sens, il faut prendre une décision. C'était une belle lettre, qui parlait de l'évolution de ses sentiments, écrite dans un style surprenant pour une fille qui n'avait pas fini sa classe de seconde. Cela peut sembler fou mais ce qui m'a le plus violemment éclaté au visage, ce n'est pas son amour, comme si ce n'était pas une surprise mais une confirmation. Le choc, c'était le tutoiement. Me dire « tu », c'était faire de nous des êtres libres, sans hiérarchie, sans différence, sans contexte, sans barreaux et sans murs : par la plume, elle nous avait sortis de prison. Sortis de la réalité aussi, en nous jetant dans un amour impossible. Au détour d'une phrase trônaient ces mots limpides : « Je t'aime. »

J'ai répondu dans ma tête : « C'est évident que... moi aussi, je l'aime ! »

Dans sa lettre, Léa disait regretter de m'aimer, et, malgré tout, j'étais sur un nuage... Elle disait avoir tenté, en vain, de contrôler ses sentiments, mais elle affirmait ne rien pouvoir y faire : j'avais toutes les qualités qu'elle avait toujours rêvé de trouver chez un homme. Je la connaissais assez, elle et son passé, pour croire et comprendre ce qu'elle me disait sans y voir de la flatterie. Il se lisait aussi dans son courrier assez de douleur pour ne pas mettre en doute sa sincérité. Elle voyait dans cet amour qui tombait si mal l'acharnement du destin : « Pourquoi il m'arrive des choses qui n'arrivent qu'à moi ? » m'écrivait-elle. Elle disait aussi avoir tenté de ne rien dire parce qu'elle savait que je le prendrais mal, mais elle espérait que je ne lui en voudrais pas. Elle disait savoir également que je ne pourrais rien faire de cet aveu puisqu'elle connaissait ma situation affective. C'est son amie et codétenue Anaïs qui lui avait conseillé de me parler, parce qu'elle la voyait se ronger jour après jour, et passer de la joie de me voir, notamment le vendredi, au désespoir de devoir se taire le reste du temps. Sa lettre était comme un cri, une digue qui se rompait, un peu désordonnée et loin des convenances, et moi j'étais là, à la lire et la relire, sans bien savoir où j'en étais ni où je me trouvais. A vrai dire, je me souviens seulement que j'étais captif de ces lignes, bouleversé, incapable de fuir, frappé par l'évidence que nous

nous aimions, de façon réciproque depuis des semaines, mais assommé.

Je n'ai pas le souvenir de m'être senti déchiré par la peur ou les scrupules les deux ou trois jours qui ont suivi, pendant lesquels je ne lui ai pas répondu. Je baignais dans un bonheur que je n'avais pas éprouvé depuis longtemps. J'étais bien. J'étais propulsé dans un autre monde par une bouffée d'oxygène insufflée dans ce monde-ci. Cette lettre, je l'ai relue cent fois tellement elle était belle et romantique.

A l'occasion sans doute d'une incursion dans son secteur, je lui ai remis en main propre ma réponse, écrite avec la même sincérité : « Moi non plus, je ne peux plus reculer. Moi aussi, je t'aime. » Je ne cherchais pas à fuir, je décrivais la dure réalité : c'était un amour impossible, nous étions fous... Mais tout ça, c'était des mots. Puisque, évidemment, c'était trop tard. Au départ, cette histoire était un rêve romanesque dans une vie de routine, comme un film que nous écrivions ensemble. Pourquoi aurais-je refusé le scénario ? Un roman n'impose pas de changer d'existence : on en ressort. Je ne me rendais pas compte qu'on ne sort pas de l'amour comme on ferme un livre ou comme on quitte une salle de cinéma. Je ne voyais pas les proportions que prendrait ce flirt naissant. Et pourtant, dans un coin de ma tête, alors que j'écrivais, alors que je commençais à avoir le cœur battant à l'idée de l'apercevoir à nouveau, je me disais : « Bien sûr, je fais une connerie... » Mais c'était une toute petite voix à côté d'un concert assourdissant de joie, de désir, d'émotion, d'impatience.

Durant des mois, nos corps n'avaient pas existé ou, plutôt, nous les avions niés. Soudain, après nos aveux, se croiser dans les couloirs ou à la bibliothèque était troublant. Nous avons échangé encore deux ou trois lettres en l'espace d'une semaine, furtivement, attentifs à ne pas trahir notre émotion puisque nous n'étions jamais seuls. Je crois que Léa se disait que je ne franchirais pas le pas. Dans une lettre, elle évoquait ma situation personnelle : « Je sais que c'est impossible, que tu as une vie... » Je lui ai répondu presque machinalement que c'était mon problème et non le sien : en réalité, durant ces tout premiers jours, entièrement pris par l'amour, je n'y voyais aucun problème. Je ne parvenais pas à m'avouer que j'allais bafouer la fidélité conjugale comme la déontologie professionnelle. J'étais dans un rêve.

Quelques jours après, alors que Léa était penchée sur l'ordinateur, je suis entré dans la pièce et je lui ai posé les mains sur les épaules, puis je lui ai caressé le cou et les cheveux... Nous étions bouleversés, l'un comme l'autre, par l'émotion, par l'audace folle de ces premiers pas. Ensuite, la séance d'informatique a continué comme si de rien n'était, ou presque. Je ne cessais de penser à ce que j'avais fait, et elle aussi bien sûr. Le lendemain matin, je lui ai écrit une lettre : « Cette nuit, j'ai fait un rêve... Je m'approchais de toi, et debout derrière toi, je posais mes mains sur tes épaules, puis je te caressais le cou et les cheveux... » Léa m'a répondu avec humour : « Ah, j'ai fait le même rêve ! C'est marrant ! »

Nous avons échangé notre premier baiser le 8 décembre dans la salle d'informatique, précision due à la magie des procès-verbaux des services de police, et à la mémoire toute féminine de Léa, qui s'est montrée formelle là-dessus. La mienne n'est pas si performante – Léa m'en voulait d'oublier parfois des dates qui lui semblaient mémorables... A partir de là, l'histoire s'est emballée. C'est devenu une passion, un amour qui nous dévorait l'un et l'autre, nous obsédait. Nous pensions l'un à l'autre nuit et jour, vivions tendus vers les moments où nous réussirions à nous retrouver seuls, même quelques minutes, pour nous serrer dans les bras l'un de l'autre, frustrés de nous croiser très officiellement, presque froidement. Parfois, je me répétais machinalement que je faisais « une connerie ». Je savais que je mettais le doigt dans un engrenage, mais je n'imaginais pas qu'il allait me broyer. Je me disais : « On verra bien. » Notre attirance, notre curiosité étaient irrépressibles. Et encore aujourd'hui, cette « connerie », malgré toutes les souffrances et les dégâts qu'elle a provoqués, je ne la regrette pas : les instants de bonheur que nous avons réussi à voler ont été tellement forts...

Nous avons continué à échanger des lettres, d'abord à deux jours d'intervalle, puis tous les jours ou presque, et cela a duré plus de deux mois. Nous avions des jeux de gamins, encouragés par notre invraisemblable situation. Par exemple, quand j'arrivais dans la salle d'informatique, cette pièce où pendant deux heures nous serions un peu tranquilles, je lançais :

« Alors, tout se passe bien, mademoiselle ? »

Elle me répondait sérieusement, sans se retourner :

« Très bien, monsieur le directeur, je vous remercie.

— Parce qu'il ne s'agirait pas de prendre du retard…

— Oh non, je m'applique », assurait-elle sagement.

Nous finissions par ne plus pouvoir garder notre sérieux, nous riions et nous embrassions. Nous nous cachions suffisamment bien pour ne pas être surpris, mais surpris à faire quoi ? Nous avions décidé de ne pas faire l'amour, pas comme ça, pas n'importe comment, donc pas avant que ce soit possible. Nous rêvions d'une belle nuit, quand elle serait libre. Et puis Léa était pudique, pas du tout le genre de fille à faire ça entre deux portes, pas plus que je n'étais ce genre d'homme, pas davantage que ce n'était le genre de notre amour. C'était un amour adolescent, très tendre et très ludique à la fois, mais très adulte par sa profondeur. Jamais l'histoire n'aurait commencé si nous n'avions pas été amoureux. Encore une fois, pour assouvir d'éventuels désirs, toute autre situation, avec n'importe quelle autre femme, aurait été plus simple.

Curieusement, je n'étais pas rongé par la culpabilité vis-à-vis de ma compagne. Je ne m'explique pas pourquoi, alors que je l'aimais très sincèrement et entretenais avec elle des relations de couple normales, sans frustration aucune. Je ne me sentais pas dans l'adultère ou la trahison. Ces deux histoires avaient si peu de rapport, les choses étaient si impossibles et invraisemblables avec Léa, que mon cœur était comme coupé en deux. Je ne vivais pas en homme déchiré, qui jongle avec les horaires, les mensonges, dissimule le parfum d'une femme pour aller dîner avec une autre, et tous ces artifices que l'on voit au cinéma. Notre film à nous était inédit, le scénario était entre nos mains, nous avions tout à inventer, et cela contribuait à nous enflammer. Si nous nous étions croisés à l'extérieur, je me serais sans doute dit qu'elle avait une belle poitrine et un joli sourire, ou je ne sais quelle autre de ces remarques que tout homme se fait au quotidien lorsqu'il croise une femme dans la rue, sans pour autant tomber dans ses bras. Léa et moi, tout nous séparait, sauf l'essentiel : nous étions aussi sentimentaux l'un que l'autre, aussi convaincus que rien ne mérite davantage d'être vécu que l'amour fou.

Ce qui me faisait culpabiliser, c'était la déontologie du métier, qui veut qu'un membre de l'administration pénitentiaire n'entretienne pas de lien privé, encore moins amoureux, avec une détenue, et surtout pas s'il est directeur. Quelques surveillants, et plus souvent des surveillantes, ont été mis à pied pour des histoires d'amour, mais un chef d'établissement, pas à ma connaissance. Les scrupules ne m'ont pourtant pas dévoré longtemps, balayés par la puissance de mes émotions et un raisonnement qui m'arrangeait sans être faux pour autant : même si notre relation était interdite, elle n'avait aucune incidence sur mon travail, du moins au début, quand je n'étais pas encore épuisé par la passion. Il n'y avait de ma part ni volonté de nuire, ni volonté de m'enrichir, ni malversation d'aucune sorte, et au-delà, dans les conséquences, il n'y avait ni victime ni personne lésée. Je regardais même le monde avec encore plus d'humanité. J'avais désormais par exemple beaucoup de compassion pour les gens qui, par amour, sortaient des sentiers balisés.

Je me souviens d'avoir dû, par la suite, gérer une situation dont je souris encore... quand j'ai le moral. Je reçois un jour un mail de la directrice de Fresnes, qui m'annonce l'arrivée imminente d'une détenue tombée amoureuse d'un ouvrier venu faire des travaux. Leur histoire durait déjà depuis quelque temps puisqu'une enquête avait montré que l'ouvrier se mettait en arrêt maladie dès que sa bien-aimée était en permission de sortie. Il était donc urgent de la transférer. Je comprenais trop bien la situation. Comme le cas était un peu spécial, j'ai reçu personnellement cette détenue, à son arrivée. Je lui ai demandé :

« Vous savez pourquoi vous êtes là ?

— Pas trop... mais je m'en doute

— Il s'est passé quoi à Fresnes ? »

Elle était gênée et, comme je l'encourageais du regard, elle m'a avoué :

« J'ai rencontré quelqu'un... »

Je pense que rarement détenue s'est sentie aussi écoutée, et accompagnée ensuite vers sa libération définitive : c'est qu'elle avait hâte de le retrouver, son ouvrier ! Son projet professionnel tenait la route, c'était visiblement une fille bien, et elle n'avait plus que quelques mois à purger. Je l'ai laissée regagner sa cellule, avec mes vœux les plus sincères :

« Allez, soyez courageuse ! Vous le retrouverez vite, l'homme que vous aimez... »

J'ai tout fait pour qu'elle vive son déracinement amoureux le moins mal possible. J'avais toujours été proche du terrain, soucieux de ne pas faire souffrir inutilement les détenus par une autre peine que celle à laquelle ils étaient condamnés, c'est-à-dire la privation de liberté, mais je suis devenu encore plus vigilant. L'humanité tient à des symboles. Par exemple, à mon arrivée à Versailles, on s'adressait aux détenus par leur nom de famille : « Dupont ! » J'ai demandé que l'on appelle les détenues « madame Dupont ». Je me souviens d'avoir été heurté au début de ma carrière par la phrase d'un surveillant qui se croyait malin : « Il n'y a pas de monsieur Untel ici, le monsieur, il est resté derrière les portes de la prison ! »

J'ai vite souffert de l'existence de barreaux entre Léa et moi. J'avais le droit de la voir quand je voulais, mais c'était quand même très théorique. Je ne pouvais pas la convoquer en audience deux heures par jour, une heure par semaine était un grand maximum. Pour le reste, il s'agissait au plus de quelques minutes grappillées ici et là, un passage rapide dans sa cellule, le plus souvent en présence d'autres codétenues, un clin d'œil furtif. Nous rêvions durant toute la semaine de nos deux heures en salle d'informatique. La frustration était permanente, mais elle ne nous a pas rendus fous tout de suite. Quand j'étais chez moi, je me répétais, incrédule : « J'aime une femme qui est en prison… C'est donc ça, ce que ressentent les familles… » Je n'avais doublement « pas le droit », et pour ne pas être torturé, je m'efforçais de compartimenter. Notre histoire, pour moi, était un peu irréelle, sans doute parce que j'avais une vraie vie, une vie en liberté, une fois à la maison, avec une compagne, une fille, des habitudes et des plaisirs. J'étais loin de comprendre ce que pouvait représenter pour Léa notre relation, qui était l'unique substance de sa vie entre quatre murs. Elle ne m'aimait pas davantage que je l'aimais, loin de là, mais elle a accordé plus vite toute la place à notre histoire. Je ne réalisais pas ce qui m'arrivait, au point d'avoir été étonné par une de ses expressions au détour d'une conversation. Je ne sais plus de quoi nous parlions quand elle m'a dit :

« Tu sais, depuis qu'on est ensemble... »

Je l'ai interrompue en souriant :

« Ah, parce qu'on est ensemble ?

— Ben ouais, t'appelles ça comment, toi ? »

Elle était un peu vexée. J'ai réfléchi quelques secondes, sans trouver de réponse. Elle a enchaîné :

« Je veux dire, on s'embrasse, on se dit "je t'aime", on se serre dans les bras, on pense tout le temps l'un à l'autre, alors je sais pas, moi, comment t'appelles ça, mais moi, j'appelle ça être ensemble ! »

J'ai répondu :

« Ben oui... T'as raison. Oui, on est ensemble, en fait... »

Cela peut sembler curieux, mais ce fut presque une révélation ! De la même façon, c'est elle qui a employé au détour d'une phrase, sans doute un peu plus tard dans la relation, l'expression « notre couple ». J'ai été un peu surpris, parce qu'un couple, j'en avais déjà un, mais en même temps, elle avait raison. Nous vivions soudés en pensée, avec des communications un brin mystiques :

« Ce soir, on regarde le même film, d'accord ? me lançait Léa.

— D'accord !

— Quand le générique de début passera, tu sauras que je pense à toi, d'accord ? »

Je surenchérissais :

« Et quand celui de fin défilera, tu sauras que je pense à toi, d'accord ? »

Sa fraîcheur me faisait fondre... ses choix télévisuels moins ! Mais de fait, nous pensions l'un à l'autre, et pas seulement au moment du générique. J'avais un peu de mal à me concentrer, sur les films comme dans la vie, tout simplement parce que nous ne vivions pas le conte de fées qu'exigeaient nos sentiments. Nous nous aimions sur le qui-vive. Avec nos quelques petites minutes de bonheur à droite à gauche, nous n'avions non seulement pas le droit mais aussi pas le temps d'être heureux. Et non seulement la situation nous interdisait tout débordement de joie, mais en plus, une détenue, par définition, n'est jamais très heureuse. Je faisais un peu de bien à Léa, elle était plus détendue, mais, très vite, des tensions sont nées de sa douleur face à ma situation conjugale.

L'incroyable paradoxe, c'est que Léa était libre et enfermée, et moi en couple mais libre. Les premiers jours, nous étions tout à notre émotion et comme trop absorbés pour réfléchir, mais, très vite, ma compagne a surgi dans la conversation et n'en est plus jamais vraiment sortie. Léa avait voulu aborder le sujet plus tôt, notamment dès sa première lettre, mais je l'avais expédié d'un « c'est mon problème ». Elle en souffrait beaucoup plus que moi, sans doute parce qu'elle avait le temps de m'imaginer chez moi quand elle était en cellule à tourner en rond. Il se formait en elle un écheveau inextricable de culpabilité et de jalousie. L'approche de Noël, toujours difficile pour les détenus, a dû favoriser l'apparition des premiers signes de souffrance. Léa devait imaginer le sapin, les cadeaux et les repas de fête, mais surtout l'harmonie familiale qui va avec, sans jamais formuler clairement les choses. C'était au départ des reproches en filigrane, qui sont allés grandissant. Cela s'exprimait par de petites remarques acerbes, comme : « Ça te fait quoi d'avoir une maîtresse ? » Son « notre couple » m'avait étonné, mais le mot « maîtresse » me choquait. Je ne voyais pas du tout les choses comme ça. Elle n'était pas ma maîtresse, elle était comme... mon autre femme ! Elle supportait à la fois très mal de m'imaginer avec ma compagne et d'être une éventuelle briseuse de ménage, au point que jamais elle ne m'a demandé ni même suggéré de la quitter, allant même jusqu'à me dire : « Si un jour tu quittes ta femme, je te préviens, je te quitte ! » Elle rêvait trop d'avoir une famille idéale pour semer la pagaille dans la mienne, qu'elle voyait comme parfaite. Elle me disait souvent, parfois avec le sourire parce qu'elle allait bien, parfois avec une grimace parce qu'elle m'en voulait de passer le week-end avec une autre : « Allez, va vite retrouver ta petite famille, monsieur le directeur ! »

« Ta petite famille »... Cette expression, je l'ai lue et entendue des centaines de fois sous sa plume et dans sa bouche. Pourtant, elle ne me posait aucune question sur ma vie chez moi, et je ne lui en disais rien non plus. C'était un sujet tabou, mais aussi le nerf de la guerre qui éclaterait entre nous, une guerre amoureuse, mais terriblement meurtrière. A peu près tous les trois jours, les premiers mois, Léa m'a écrit ou dit : « On arrête », « C'est mieux qu'on arrête », « Faudrait qu'on arrête ». J'étais bien d'accord sur le principe. Quoique non, je ne pense pas que cela aurait été « mieux » ! Disons que si nous avions pu, nous aurions dû... Nous nous croisions sans cesse, nous n'avons jamais réussi à arrêter plus de trois jours, et encore cela s'est passé bien plus tard, lorsque les tensions étaient devenues autrement plus graves.

Est-ce parce que je culpabilisais vis-à-vis d'elle sans m'en rendre compte que le 24 décembre, avant de partir en vacances, j'ai pris le risque de la convoquer ; pour la première et la dernière fois, dans mon bureau, à l'autre bout de la prison ? C'est possible. Mais j'en avais tellement envie. Je lui avais lancé une fois, comme une boutade :

« Un jour, je te ferai appeler pour faire le ménage !

— C'est ça, rêve ! » m'avait-elle répondu.

Léa, c'est un petit bout de femme, mais avec un sacré fichu caractère ! Quand on lui disait quelque chose qui ne lui plaisait pas, elle ne se gênait pas pour le faire savoir. Ce fameux 24 décembre, j'ai appelé un surveillant, et je lui ai demandé :

« Vous pouvez me faire venir l'« auxi » ménage ? Je voudrais qu'elle nettoie mon bureau. Le personnel hommes est en perme. »

Léa a bien été obligée de s'exécuter. Elle était furieuse et me jetait des regards noirs, et dès que le surveillant s'est éloigné, elle m'a lancé :

« Non, mais ça va pas ? T'es pas bien ? »

Mais quand elle a vu mon visage, qui n'était vraiment pas celui d'un employeur tyrannique, elle s'est radoucie. Nous nous sommes jetés dans les bras l'un de l'autre. Ce jour-là, nous sommes restés enfermés dans le bureau pendant près de trois heures. En nous tenant à peu près bien, mais tout de même. Chaque fois qu'une période de séparation de plusieurs jours s'annonçait, nous perdions un peu les pédales en matière de prudence. Ce qui me reste de ce jour-là, et qui m'avait brisé le cœur, c'est qu'elle avait regardé les passants sur l'avenue de Paris en murmurant : « Ça fait drôle... » Elle n'avait rien vu de la vie à l'extérieur pendant des mois, si ce n'est depuis un fourgon de la pénitentiaire. Elle a vite détourné la tête, a enfoui son visage dans mon cou, et elle a regardé obstinément ailleurs par la suite. En nous quittant pour sept jours, nous nous sommes promis : sept jours, sept lettres. Nous devions les échanger en nous retrouvant. Pendant les fêtes de fin d'année, j'ai réussi à faire vraiment la coupure, à laisser la prison derrière moi, sans avoir la faiblesse d'y passer. Mais Léa, elle, je ne l'avais pas laissée derrière moi. Elle me manquait. C'était notre première séparation et j'ai eu le temps de mesurer à quel point notre histoire comptait pour moi.

6

En 2010, ma vie allait progressivement échapper à mon contrôle. Chaque mois nous réserverait ses surprises. Nous étions toutefois loin de nous douter que l'année s'achèverait en feuilleton judiciaire. Début janvier, j'étais plus fébrile que d'ordinaire à mon retour de congé. Je mourais d'envie de la voir. J'ai demandé à la rencontrer dans le bureau d'audience au rez-de-chaussée, noyant son nom dans une liste de cinq ou six détenues que j'ai communiquée à la surveillante du secteur.

Cela deviendrait mon moyen habituel pour nous réunir, le seul à vrai dire, en dehors de nos séances d'informatique. L'audience se déroulait de façon un peu formelle, derrière une porte vitrée, donc au vu et au su de tous. Alors, petit à petit, j'ai multiplié les audiences informelles au « hasard » de nos rencontres, soit dans la petite bibliothèque du second, soit dans la pièce qui servait de salon de coiffure au même étage, où les risques d'être surpris étaient moindres grâce à une fenêtre panoramique sur les coursives qui permettait de voir quelqu'un arriver, mais nous ne pouvions guère nous toucher, sinon très furtivement.

Nous parlions beaucoup, de notre amour, et de plus en plus de l'avenir que nous nous souhaitions. Dès le départ, j'ai pensé, j'ai su qu'avec elle je pourrais avoir des lendemains. J'étais amoureux.

Il arrivait qu'un gradé arrive en pleine conversation. Je disais alors d'un air imperturbable :

« Le mieux est que vous constituiez votre dossier, mademoiselle B., et on verra avec votre avocat », alors que trois minutes plus tôt nous parlions de coquelicots et de feu de bois !

Léa avait parfois du mal à garder son sérieux. Son regard pétillait de malice. La situation nous amusait, même si, l'amour s'installant, elle nous a aussi fait souffrir.

Nous avons échangé les fameuses lettres promises. J'en avais écrit trois, mais Léa, elle, m'en a remis sept ! Elle ne m'en a pas voulu. C'était l'époque où nous ne nous en voulions jamais de rien. Nous nous aimions encore sans les angoisses qui vont avec l'envie d'être tout pour l'autre, sans la frustration qui deviendrait dévorante, sans les malentendus qu'engendre la communication rationnée, interrompue, captive. Les lettres de Léa étaient bouleversantes. Elles disaient le manque, l'amour, mais plus encore l'espoir insensé que je faisais naître en elle. Jamais elle ne s'était sentie aimée comme par moi. C'était la première fois dans sa courte vie qu'un homme ne voulait ni l'utiliser ni profiter d'elle. Le soir même, je lui ai écrit : « Sept jours, sept lettres, sept raisons de t'aimer plus encore. » Et pour justifier mes trois lettres seulement, alors que je n'avais cessé de vivre avec elle dans ma tête, j'ai expliqué : « Si chaque fois que je pense à toi, je devais écrire un mot, c'est un océan de papier qu'il aurait fallu. »

Nous sommes passés très vite à la vitesse supérieure, à une autre dimension de notre amour, notamment grâce à une révélation qui pour un vieux routier de la pénitentiaire n'était pas un scoop non plus :

« Tu sais, m'a-t-elle dit, en fait... j'ai un téléphone, si tu veux ! »

Il n'est pas rare que des mobiles entrent en prison, par des moyens difficilement contrôlables : il y en a toujours un qui passe entre les mailles du filet, les appareils d'un côté, les puces de l'autre. L'un des moyens d'en obtenir un à Versailles était de passer par l'intermédiaire des détenus hommes en semi-liberté, qui franchissaient chaque jour les murs. Les fenêtres de leurs cellules donnaient sur les cours de sport. Ils lançaient le butin à l'heure convenue et se faisaient rétribuer ultérieurement, j'imagine. L'autre moyen, c'était les parloirs. Les détenues qui y faisaient le ménage récupéraient, sur instruction préalable, des puces ou des appareils glissés dans une poubelle. Par ailleurs, quand un appareil entre en prison, en général, il y reste : la solidarité entre détenus fait que celui qui part le laisse à ceux qui restent. Faire entrer les puces, en général avec des abonnements prépayés ou une ligne attribuée à un complice à l'extérieur, est ensuite un jeu d'enfant. En l'occurrence, le téléphone de Léa était arrivé par une « auxi » ménage, qui l'avait donné à sa codétenue, libérée quelque temps plus tôt. Cacher l'appareil (en gardant la puce sur soi pour ne pas risquer de perdre le numéro et le forfait) n'est pas bien compliqué. Il suffit de le glisser dans une canalisation démontée ou de le scotcher dans la cuvette des toilettes. Les surveillantes chargées des fouilles régulières se préoccupent surtout de la sécurité, elles sondent les barreaux pour vérifier qu'ils sont intacts, cherchent des armes, mais pour la drogue ou les téléphones, on ne peut pas être infaillible. Selon moi, un très grand nombre de détenus ont l'usage d'une ligne. Je ne sais pas si je serais allé jusqu'à en offrir un à Léa, mais ce qui est certain, c'est qu'il s'agissait d'une nouvelle réconfortante. Les lettres ne nous suffisaient plus.

Au départ, j'étais extrêmement prudent. C'était toujours moi qui appelais Léa, depuis une cabine où je m'arrêtais sur le chemin de retour à la maison. Pendant un temps, Léa a raconté à ses codétenues qu'elle avait quelqu'un, mais Anaïs savait qui était ce « quelqu'un ». Le téléphone a changé beaucoup de choses entre nous. Nous partagions désormais une intimité en direct, inconnue jusque-là : je la trouvais ensommeillée, au saut du lit, ou au coucher quand, plus rarement, je sortais de chez moi pour l'appeler après le dîner. Notre relation était douce, faite d'égards réciproques, de tendresse. Nous n'étions pas dans le registre passionnel. Si elle avait continué sur ce mode affectueux, nous ne nous serions jamais fait prendre. Le mois de janvier s'est écoulé ainsi, mais nous en voulions chaque jour un peu plus. La limitation de nos rencontres était déjà assez pénible pour que nous ne nous compliquions pas la vie avec le téléphone, dans lequel j'ai fini par ne voir aucun danger : dans la mesure où l'abonnement de Léa était prépayé, son numéro n'était en aucun cas identifiable nominalement. Quel risque y avait-il donc à l'appeler ? A lui envoyer des textos ? Avec le temps, nous avons parlé de plus en plus longtemps. C'est devenu une folie : nous nous racontions nos pensées, notre amour, des épisodes de notre vie, des rêves inassouvis, jusqu'à deux, trois, quatre, cinq heures du matin... Je lui parlais d'art ou de pays lointains, elle me posait mille questions, parlait des musiques qu'elle aimait (Amel Bent, Tina, et toutes les chansons d'amour qui évoquaient la souffrance, le bonheur, l'union impossible...), de l'Iran, qu'elle aurait voulu revoir avec moi, et me racontait les petites anecdotes de la vie en détention. Mais le sujet qui nous intéressait le plus, il faut bien l'avouer, c'était nous. Nous sommes montés jusqu'à vingt-six mille unités téléphoniques par mois, encore un décompte scientifique que nous devons à l'implacable précision policière ! Je ne sais pas ce que cela représente, sinon beaucoup de temps, des heures par jour. Face à ces chiffres, au nombre de textos échangés également, la police s'est même demandé s'il n'y avait pas erreur. Mais non. Il y avait juste... amour.

Léa était la championne du SMS, ses petits doigts avaient une célérité que je n'ai jamais vue chez quelqu'un d'autre. Son appareil était très simple et elle écrivait à toute vitesse des textos longs comme des lettres, auxquels je répondais péniblement avec un temps de retard. Après avoir envoyé ma réponse, je trouvais trois textos en attente : « Qu'est-ce que tu fous ? », « Tu dors ? », « Allôôôô ? » J'avais droit à des crises au moindre contretemps : « Bon, tu dois être avec ta petite famille, moi je me couche. » En février, en mars, c'est arrivé de plus en plus souvent. Elle éteignait son portable. Je souffrais de ne pas pouvoir la joindre, lui souhaiter bonne nuit. Je savais que c'était pénible pour elle de respecter les horaires de mes repas à la maison – pendant lesquels elle s'astreignait à ne pas m'écrire, ni m'appeler bien sûr – et d'attendre le moment, aux alentours de vingt-deux heures trente, où je l'appellerais parce que ma compagne était couchée. Elle m'écrivait : « Tu crois qu'on me sonne, on me trouve ? ! » ou « Je passe ma vie à t'attendre, je suis pas à ta disposition ! » De mon côté, j'avais l'impression de ne jamais lui faire défaut, ou si peu, alors qu'il lui arrivait de me couper l'herbe sous le pied en ne répondant plus de la soirée... Je regardais mon téléphone, impuissant, cinquante fois de suite, et je finissais par aller me coucher à mon tour. Mais il était rare qu'on se couche fâchés, le plus souvent on se réconciliait. Dans le pire des cas, après des tensions de ce genre, si je tombais sur son répondeur à maintes reprises et m'endormais triste et inquiet, je trouvais un texto au réveil : « Je t'aime, mon cœur. Tu m'as juste énervée hier. » « Mon cœur », c'était ainsi qu'elle m'appelait. Moi, je la surnommais « Fleur d'Orient ».

J'avais aussi un profil sur Facebook, dont j'avais dû lui parler. Un soir, alors que j'étais sur mon ordinateur à la maison après le dîner, j'ai vu apparaître un : « Coucou, devine qui c'est ? » J'ai vite compris. Léa était passée par le compte d'une copine (elle pouvait surfer avec son téléphone) et déboulait sur mon écran, toute fière de son coup. Je n'attendais à vrai dire de nouvelles de personne, sinon de celle à qui je pensais en permanence. Léa s'est justifiée en se moquant de moi : « Comme t'as un peu de mal avec les textos, hein... j'ai pensé que tu serais content. » Je lui ai vite créé un compte. Sous le pseudo « Fleur d'Orient ». Les téléphones ont beau circuler sous le manteau en prison, les détenus n'ont, par prudence, pas de profil Facebook à leur nom. Les rares ordinateurs possédés par des détenus plus nantis étaient bridés par la pénitentiaire pour interdire l'accès à Internet. Par souci de sécurité, je me suis également créé un compte spécial pour correspondre avec elle. Facebook allait marquer une nouvelle étape de notre histoire. En liberté, ce sont les lieux ou les événements qui créent les tournants décisifs d'une vie de couple. En prison, ce sont les moyens de communication modernes...

Facebook cumulait les avantages du téléphone (pour le direct) et du courrier (pour la possibilité de faire long), avec en plus un caractère envahissant, puisque c'était gratuit. A partir du mois de février, avant même que ma compagne soit couchée, dès que la soirée était assez avancée pour que je puisse m'enfermer dans mon bureau sans éveiller de soupçons, je m'installais devant l'ordinateur et j'y passais parfois la nuit entière avec Léa. Nous n'arrivions pas à nous dire bonne nuit. Nous aurions tant voulu dormir ensemble, cette chose aussi impossible que le reste, et même plus impossible encore. C'était une relation faite de courts instants de bonheur et de beaucoup, beaucoup de frustration. La police a dénombré plus de mille échanges Facebook en sept mois, dont un mois de vacances sans connexion... Une cinquantaine de pages ont été versées au dossier, que j'ai ainsi eu la possibilité de relire, avec la même émotion que si c'était hier. J'en suis encore bouleversé. J'ai beau avoir beaucoup perdu, presque tout si ce n'est mes rêves, je continue le plus souvent à penser : « J'ai connu tellement de bonheur que ça valait vraiment le coup. »

Plus le temps passait, plus nous nous attachions, plus nous nous dévoilions l'un à l'autre, plusieurs fois par semaine. Je réussissais à croiser Léa à peu près tous les jours en détention ou en cuisine, mais c'était seulement pour échanger un regard, avec un peu de chance quelques banalités. Une fois par semaine environ, à sa demande ou à la mienne, je parvenais à la voir dans le petit bureau du rez-de-chaussée ou à la bibliothèque, mais jamais plus d'une heure malgré les prétextes que j'inventais au cas où l'on m'aurait demandé quelque chose, et le risque n'était pas nul. Nous nous serrions les mains de toutes nos forces, nous nous embrassions, nous nous chuchotions tout l'amour que nous avions l'un pour l'autre. J'étais emporté par ma tendresse, et en même temps toujours contrarié par les circonstances. Jamais je n'ai tant décrit l'avenir, avec une telle hâte qu'il arrive : c'était seulement dehors que notre amour pourrait s'épanouir et prendre toute sa dimension. Nous vivions comprimés dans une boîte trop étroite pour nos corps et nos cœurs. Nous voulions être heureux, et même s'il y avait des moments d'intense émotion, où nous nous broyions dans les bras l'un de l'autre, ils étaient trop rares, et trop vite interrompus.

Notre moment privilégié était la séance de commandes en salle d'informatique. La configuration des lieux, qui nous rendait impossibles à surprendre, nous permettait de nous rapprocher : au bout d'un couloir de plusieurs mètres menant à la salle, il y avait une porte lourde au grincement bruyant. Si quelqu'un arrivait, nous avions le temps de reprendre une posture décente. Nos gestes n'allaient pas très loin, mais assez pour nous rendre ivres de plaisir. Nous ne voulions pas faire l'amour en prison, c'est-à-dire n'importe comment. Il y avait trop d'inquiétude. Nous voulions que ce soit merveilleux. Nous parlions de sa libération définitive, qui aurait lieu dans une bonne année si la peine de neuf ans était maintenue en appel, de sa conditionnelle, envisageable d'ici là, et je lui promettais :

« Je te ferai passer une nuit de rêve. On passera la nuit au Crillon, et on boira du champagne. »

Elle avait des étoiles plein les yeux, ce qui me remplissait de bonheur, mais elle ajoutait :

« Mais tu sais bien que je ne bois pas d'alcool ! »

J'insistais :

« Le champagne, il faut y goûter un jour. Tu verras, tu adoreras ça. »

J'aimais la faire rêver, même quelques minutes seulement, volées à la réalité. Et ces rêves n'étaient pas des mensonges. Ils étaient même parfois prémonitoires. Dans l'un des messages récupérés grâce au soigneux archivage policier, j'ai retrouvé ces phrases : « Je voudrais te donner ma vie, l'échanger contre la tienne, pour prendre sur moi ta douleur et ta peine.

Ce que je voudrais, c'est tout sacrifier pour toi, me jeter dans le vide et atteindre au bout du compte le bonheur dans tes bras, je ne rêve que de ça tous les jours. » Effectivement, j'ai tout sacrifié pour elle, je me suis jeté dans le vide, il n'y a qu'une chose que j'ai manquée, c'est le bonheur dans ses bras.

A la maison, bien sûr, ma vie s'en est trouvée changée. Au départ, mes occupations plus que mon attitude. Je n'avais aucune animosité envers ma famille puisque je ne voyais pas dans ma famille un obstacle à mon bonheur. Les obstacles, c'étaient les barreaux avant tout. Je trouvais même dans cet amour de plus en plus puissant un regain de gaieté et d'énergie, du moins les premiers mois. En revanche, le temps que je passais sur mon ordinateur s'était considérablement allongé. Que je surfe le soir sur Internet, passe encore, puisque je chinais depuis plusieurs années sur eBay et suivais les ventes à l'hôtel Drouot. Mais quand ma compagne me trouvait encore devant l'écran à quatre heures du matin, il était difficile pour elle de croire chaque fois à une insomnie. D'autant que le bon dormeur que j'étais était subitement passé de sept heures de sommeil à... parfois trois. Ma fatigue était la seule incidence sur mon travail de mon histoire avec Léa : certains jours, je dois reconnaître que je rêvais davantage de mon oreiller que d'avoir mon patron, le directeur interrégional des services pénitentiaires, en ligne, ou de devoir régler je ne sais quel problème d'intendance. Pourtant, les éventuels doutes de ma femme, jamais formulés, ont vite été confrontés à l'inexistence évidente d'une double vie, du moins dans mon planning : pas d'absences, aucune volonté de me soustraire aux impératifs familiaux, une affection intacte, voire redoublée. La moindre tension avec ma « Fleur d'Orient » me mettait dans un état de détresse tel que je me rapprochais de ma femme, selon le mouvement de balancier bien connu dans les périodes de transition conjugale, entre celle en qui l'on sait pouvoir avoir confiance depuis des années, et celle qui par son impulsivité et sa nouveauté est source d'insécurité. Car en fait de « Fleur d'Orient », je tombais parfois sur un cactus, dont les épines avaient toujours la même origine : ma vie de couple.

Ce n'est pas un hasard si la tension se manifestait le vendredi, à la veille des week-ends, quand Léa se projetait dans ma vie de famille, à l'issue de nos deux heures en salle d'informatique, où nous pouvions nous embrasser et nous toucher. En semaine, entre les moments où nous nous croisions, les minutes volées dans la bibliothèque ou sur un coin de lit si je passais dans sa cellule quand par miracle elle y était seule, nos nuits sur Facebook et nos coups de téléphone interminables, nous avions des étreintes furtives et une vie finalement très virtuelle, mais avec tout de même le sentiment de vivre ensemble. Il nous arrivait d'évoquer l'avenir comme si nous étions hors de tout contexte, comme si je n'avais pas déjà une vie, comme si elle-même n'était pas en prison. Léa rêvait de ce dont rêve toute jeune fille, une vie normale, avec un mari, des enfants, un jardin et des animaux. Quand elle en parlait, je voyais bien qu'elle croyait que la vie pouvait ressembler à une série télé, qu'elle ne savait pas que dans cette vie-là, il y avait aussi des factures, des impôts, mais... je voulais qu'elle ne le sache jamais. Je me disais : « J'ai les moyens, on verra bien. » Il n'y a qu'une question que je ne me posais pas, c'était ce que je ferais de mon ancienne vie.

Je n'ai jamais imaginé ce que serait mon avenir de père auprès de ma fille par exemple, si je brisais le foyer familial, dans quelle mesure et dans quelles conditions je serais capable de quitter ma compagne, alors que je la trouvais si belle, si désirable. Quand je voyais l'écueil, je balayais le problème d'un « on verra bien ! ». Léa et moi souffrions trop des barreaux et des obstacles pour que rien dans la liberté à venir ne nous paraisse compliqué. Il m'arrivait de rêver notre avenir en très grand : « On fera le tour du monde, je lui ferai découvrir l'Asie, l'art qui m'est cher, on habitera au bout du monde. » Le propre des rêves, c'est de ne pas avoir de limites. Je n'ai jamais fait un choix définitif entre Léa et ma compagne, il faut bien le reconnaître. Mais à quoi aurait-il servi à ce moment-là puisque de toute façon Léa restait hors de portée ? Ce n'est peut-être pas la seule raison, mais elle était suffisante pour me faire différer la nécessité de trancher. Je me disais : « Si elle sort demain, en dix jours je serai fixé. » En vérité, ce n'aurait sans doute pas été aussi simple, tant la position de Léa vis-à-vis de nous était variable. Son envie de fuir notre histoire, par culpabilité comme pour ne plus éprouver le manque, sa peur de ne pas être aimée déclenchaient des accès de révolte :

« Je vais demander mon transfert ! On peut pas continuer comme ça... »

J'insistais pour qu'elle n'en fasse rien :

« Tu seras moins bien ailleurs, tu le sais très bien !

— Je m'en fiche, je n'en peux plus. Je souffre, et toi, t'as ta vie ! Reste avec ta petite famille ! De toute façon, je ne supporterais jamais de leur faire du mal ! J'ai fait assez de mal comme ça dans ma vie ! »

Lorsque j'ai lu dans les journaux que j'avais été manipulé, surtout quand les journalistes ne savaient encore rien de notre histoire et brodaient autour de « la Mata Hari qui les tombe tous », j'ai pensé que peut-être Léa me disait cela pour obtenir le résultat inverse. Mais le fait demeure que sans mon insistance, sans mes supplications, elle aurait mené à bien sa démarche : elle aurait quitté Versailles. Son grand désir, c'était de ne plus souffrir ni faire souffrir, tandis que le mien, c'était d'être plus heureux, grâce à elle, et qu'elle soit plus heureuse, grâce à moi. Le rêve d'un nanti. Son passé la rendait fragile, et sa fragilité la rendait sauvage, barricadée derrière des systèmes de défense et ravagée par les doutes. Elle était incapable de croire en continu que je l'aimais. Elle avait toujours peur d'être trahie. Je m'efforçais de la rassurer mais, séparés l'un de l'autre presque tout le temps, c'était difficile. Nous passions par toutes les couleurs de l'arc-en-ciel, parfois pendant la même soirée. De l'amour parfait aux promesses, des reproches aux menaces. Mais nous finissions toujours par nous projeter dans l'avenir. Je n'ai jamais vu en Léa, ni elle en moi, une aventure. Encore une fois, si cet amour n'avait été qu'une passade, je suis sûr pour ma part que je ne m'y serais pas laissé prendre. On s'aimait, on était aussi exclusifs et possessifs l'un que l'autre. S'ajoutaient à cela nos caractères intransigeants, notre franchise commune. Nous étions capables de nous rendre aussi incroyablement heureux que malheureux.

J'ai bientôt compris que ma jalousie pouvait égaler la sienne. Nous avions rempli notre carnet d'adresses Facebook de « faux amis », c'est-à-dire de profils d'inconnus parfaits qui nous acceptaient comme amis. Un jour, j'ai découvert sur le mur de Léa la patte d'un inconnu, un ami d'un de ses anciens copains, un footballeur. Le commentaire était anodin mais peu importe : j'y ai vu un manquement à l'intégrité de notre histoire. J'ai vraiment été choqué, et ce n'était qu'un premier coup. Ce compte, je l'avais créé pour nous et nous seuls. C'est comme si j'avais trouvé quelqu'un dans notre chambre, notre unique espace intime, alors que nous n'avions rien à nous. Je l'ai fait remarquer sans détour à Léa, je lui ai dit que j'étais furieux, que ce n'était pas bien. Ce à quoi elle a répondu : « Déjà que j'ai pas beaucoup de vie, alors si en plus je peux pas avoir des potes ! Y a rien entre lui et moi, rien ! » Je l'ai crue, après avoir repris mes esprits, lentement. Cet ami était d'ailleurs quelqu'un qu'elle ne connaissait que de nom, qu'elle n'avait jamais rencontré. J'ai passé l'éponge plus facilement que Léa ne pouvait le faire sur ma vie de couple. Jour après jour, nuit après nuit, dans la solitude de la détention, Léa imaginait ma vie loin d'elle. Moi, quand je n'étais pas avec elle, j'étais pris par mon quotidien. Elle n'avait qu'un couple, et moi, que je le veuille ou non, j'en avais deux. Longtemps, je ne l'ai pas compris.

Les vacances étaient toujours un moment délicat. Celles de février n'ont pas dérogé à la règle. Je n'avais pas caché à Léa que je partirais aux sports d'hiver une petite semaine durant les congés scolaires. Etant donné ma situation, il me semblait évident que je n'allais pas skier seul. A mon retour, quand elle m'a demandé avec qui j'étais parti, j'ai répondu naturellement :

« Avec ma femme et ma fille. Avec qui veux-tu que je parte ? »

Elle s'est assombrie, sans vraiment faire de remarque sur le moment, comme d'habitude, mais je finissais par le payer d'une façon ou d'une autre. Léa ne me faisait jamais de chantage du type « c'est elle ou moi », parce qu'elle n'était pas libre de le faire, mais je me prenais un message « définitif » sur Facebook :

« Il n'y a pas de place pour moi dans ta vie. Je t'aime à la folie, comme je n'aimerai jamais un homme, mais il vaut mieux que je m'efface. »

Je la suppliais de comprendre, je lui promettais le bonheur dès sa sortie, elle campait sur ses positions, ne me répondait plus pendant une poignée d'heures, et puis on se recroisait, souvent pas par hasard puisque je la cherchais dans toute la détention, ce qui n'était pas très compliqué. En un regard, tout était dit : on s'aimait comme des fous.

Il lui arrivait de me fuir, de couper son téléphone, de bouder. Petit à petit, j'ai mis en place des relais qui m'apportaient des nouvelles quand elle se détournait de moi ou lui en faisaient parvenir, rétablissant la communication devenue difficile.

Au fil des semaines, l'entourage de Léa est devenu un peu le mien. J'ai fait la connaissance de sa mère, et de ses codétenues, après en avoir tant entendu parler qu'il s'était installé une familiarité par ouï-dire, de part et d'autre. Léa a avoué à sa mère notre relation au printemps 2010, en partie par fierté, j'imagine. Elle voulait sans doute aussi la rassurer sur son sort, lui montrer que sa vie devenait meilleure, alors que son quotidien ne s'est pas métamorphosé du fait de notre histoire, contrairement aux bruits qui ont couru : une détenue reste une détenue. Si on fait le compte total de ce que notre histoire a rapporté à Léa en un an, hormis des mois de prison supplémentaires, c'est un colis plus lourd que la normale pour le ramadan en août 2010, une peluche, une puce de portable et un mandat de trois cents euros un an plus tard, bien après son départ de Versailles. Une fortune ? Plutôt des bricoles, pour un montant d'un petit millier d'euros en l'espace d'un an. Léa faisait surtout valoir l'honneur moral, si l'on peut dire, que lui apportait notre histoire : elle était digne de l'attention du directeur, une façon de montrer à sa mère qu'elle était « une fille bien ». Plus tard, Léa a lu à la une des journaux que, au contraire, c'était la preuve qu'elle était irrécupérable. Ça l'a brisée. Et moi tout autant, d'entendre qu'elle m'aurait séduit comme une proie alors qu'on s'est aimés si passionnément.

J'ai dû parler moins de cinq fois à la mère de Léa pendant qu'elle est restée à Versailles, quelques minutes à chaque fois. Nous n'évoquions pas directement le lien qui m'unissait à Léa, mais je sais qu'elle se faisait du souci, sans plus comprendre que d'habitude ce que sa fille avait dans la tête, ni l'amour en général. Sa dure vie ne lui avait pas donné beaucoup d'occasions de connaître les délices des sentiments. C'était une femme très douce, un peu déconnectée de la réalité, perpétuellement inquiète, au point que, deux ans plus tôt, elle avait écrit au procureur ainsi qu'à son avocat pour leur annoncer que Léa disposait d'un téléphone en cellule, avec lequel elle l'avait appelée, et qu'elle ne voulait pas avoir d'ennuis... Elle avait une peur bleue de la police, sans doute à cause de son statut de réfugiée devant souvent prouver sa nationalité française et la régularité de son séjour, mais plus encore à cause de l'affaire. Il faut dire qu'elle avait vu, après une vie de travail et avec la charge d'une fille handicapée, la police débarquer chez elle pour arrêter sa cadette mineure accusée d'un crime terrible. Elle ne comprenait pas qu'il y a une différence entre bafouer la loi en utilisant un téléphone en prison et être le maillon clé d'une affaire qui s'est soldée par un meurtre.

Je n'ai jamais trouvé imprudent que Léa parle à sa mère, c'était tout naturel. Je comprenais aussi qu'elle ait eu besoin d'en parler à ses codétenues, tant le poids du secret lui pesait. L'exiguïté des lieux faisait qu'elle pouvait difficilement dissimuler qu'elle entretenait une liaison. En revanche, au fil du temps, j'ai trouvé que le nombre de filles dans la confidence devenait excessif. En l'espace d'un an, elles auront été une petite dizaine à le savoir, c'est-à-dire toutes celles qui ont partagé sa cellule. Il se mêlait à son besoin de se confier une forme de fierté, que je n'ai perçue qu'après, quand elle a fini par lancer des phrases comme « Si t'as besoin de quelque chose avec le directeur... », alors que je n'ai jamais accordé le moindre traitement de faveur. Cela allait inévitablement éveiller l'intérêt, mais aussi les jalousies. Chaque fois que j'apprenais qu'une nouvelle copine était au courant, je le reprochais à Léa. Mais elle me répondait :

« Regarde, est-ce qu'il y en a une seule qui a dit quoi que ce soit depuis le début ? »

Elle avait raison... Mais il aurait suffi d'une seule, qui parle à une de trop, ou à quelqu'un de l'extérieur, qui le signalerait. Léa savait que notre relation était interdite mais elle vivait dans l'avenir, tournée vers le moment où nous aurions le droit. Un jour, elle m'a lancé :

« Quand je serai dehors, je leur dirai, à tous, qu'on s'est aimés et qu'on était ensemble ! »

Notre union symbolisait pour elle une revanche sur le destin. Je lui répondais :

« Tu ne diras rien du tout et tu ne pourras jamais rien dire, puisque même après ta libération, je serai toujours un fonctionnaire pénitentiaire et toi une ex-détenue. On n'a pas le droit, et on n'aura jamais le droit ! »

J'étais loin d'imaginer qu'un jour nous aurions effectivement le droit puisque j'aurais tout perdu. Quand j'ai dit à Léa qu'elle ne pourrait jamais venir me chercher à la sortie de mon travail comme la bonne épouse qu'elle voulait devenir, elle a été affreusement déçue.

Des liens se sont donc tissés entre les copines de Léa et moi. Je les regardais d'un autre œil puisque Léa me parlait de leur quotidien, de leurs états d'âme, et que je finirais par leur confier les miens. Léa a d'abord été en cellule de deux, puis à partir de son intégration en cuisine, fin 2008, en cellule de quatre. Pour des raisons pratiques, les filles qui travaillaient à la cuisine étaient regroupées car elles devaient se déplacer ensemble, aux mêmes moments. Je passais parfois une tête dans sa cellule, très brièvement, mais je croisais surtout les codétenues de Léa en cuisine, à la bibliothèque ou dans les coursives. Ses trois principales amies en prison étaient Johanna, Anaïs et Nolwenn, qui ont partagé sa cellule à différents moments, pas en même temps, et dans une moindre mesure Samira, copine d'atelier incarcérée très peu de temps pour une bricole, avec qui elle a continué à échanger des lettres. Johanna avait été condamnée à une courte peine pour violences sur son mari. Elle a assisté aux débuts de notre histoire. Nous ne sommes pas restés en contact après son départ, sinon peut-être un ou deux échanges via Facebook, mais nous nous sommes reparlé quand, après le départ définitif de Léa, elle est devenue l'un de mes rares relais pour obtenir de ses nouvelles et lui en donner.

Anaïs, comme Nolwenn, était impliquée dans l'affaire Fofana. Elles aussi avaient servi d'appât, leur chance ayant été d'avoir échoué. A peine plus âgées que Léa au moment des faits, mais majeures, elles avaient écopé sensiblement des mêmes peines. Anaïs a été incarcérée à Versailles dès 2007, avant mon arrivée, et c'est avec elle que j'avais dû faire au départ une petite « mise au point » disciplinaire. Bien que devant comparaître ensemble dans la même affaire, Léa et elle ne se connaissaient pas. A leur retour de Fresnes, après le procès, en juillet 2009, elles ont demandé à partager la même cellule, ce qui a été accordé par un gradé dès qu'une place s'est libérée. Anaïs était originaire de Marseille. Un parcours d'errance depuis ses quinze ans l'avait menée à Bagneux, de passage chez un copain. Tragique passage. C'est là qu'elle a croisé la route de Fofana. Nous avons eu l'occasion de parler avant son départ pour Fresnes, d'où elle m'a écrit quelques lettres anodines où elle m'appelait « Tonton », ce qui ferait couler de l'encre journalistique. Elles sont tombées entre les mains de la justice qui a pu y lire la preuve qu'en ce printemps 2009, il n'était absolument pas question de Léa. Elle avait le même statut que quelques autres, je la connaissais, sans plus. Quant à Nolwenn, elle a partagé la cellule de Léa d'avril-mai jusqu'à son départ, cohabitation impossible au départ puisqu'elle était la fameuse copine du pensionnat de Thiais qui avait présenté Fofana à Léa, puis répété maintes fois à Léa après l'enlèvement que ce n'était rien, que tout ça n'irait pas loin, que la rançon serait versée. Léa lui avait longtemps voué une haine féroce, avant de considérer finalement qu'elles étaient unies par un même destin, dans la même galère. Quant à Samira, elle a connu Léa en 2008 mais est partie au bout de quelques mois. Je n'avais gardé aucun contact avec elle mais je l'ai retrouvée par Facebook bien plus tard, pour obtenir de vagues nouvelles de Léa quand nous n'avions plus le droit de communiquer.

Ce sont les trois premières que la presse a hâtivement appelées « les favorites du directeur », quand, pour faire du scoop avant d'enquêter, on a voulu me faire passer pour un séducteur en série. Je n'ai entretenu avec elles que des relations cordiales, qui – c'est un fait – ne se tissent pas d'ordinaire entre un directeur et des détenues, mais qui sont en revanche courantes entre un homme et les amies de sa petite amie. Or, à partir du moment où notre histoire a commencé, j'étais juste un homme, pas un directeur de prison qui bafoue la loi par vice. Je n'avais avec ces filles aucun comportement ambigu et, inversement, elles ne se sont pas amusées à essayer de me séduire, chose de toute façon impossible : mon cœur était pris, et même envahi. La communication avec les amies de Léa n'avait de toute façon qu'un seul objet et un seul sujet : Léa. M'aimait-elle ? Pour toujours ? Comment expliquer son comportement ? Souvent, elles m'ont éclairé.

C'est par exemple Johanna qui m'a expliqué au début, quand j'étais fou d'inquiétude après une crise et un refus de Léa de répondre au téléphone ou sur Facebook :

« Mais elle vous aime, vous savez... C'est pour ça qu'elle est brutale. Elle souffre ! »

Je n'y comprenais rien : comment pouvait-elle souffrir alors que j'étais fou d'elle ? Dès le deuxième mois, j'ai vécu dans l'angoisse d'être quitté, sans doute parce que je me sentais coupable, en raison non pas de mes fonctions mais de ma « double vie ».

Léa multipliait les signes de tendresse, et il m'arrivait de ne pas le voir. Je me souviens qu'un jour elle avait posté sur son mur de Facebook une photo d'elle soufflant un baiser sur sa main et regardant droit l'objectif. Je lui ai écrit, le cœur serré :

« Il est pour qui ce baiser ?

— Réfléchis !

— Je ne sais pas...

— Combien de mecs regardent ma page Facebook ?

— Ah d'accord... c'est gentil... Moi aussi je t'aime, comme un fou !

— Moi je ne sais plus... Non, t'es vraiment trop con ! »

Elle me faisait plus souvent rire que pleurer, et parfois, elle me laissait désemparé. Je ne maîtrisais pas forcément ses codes, mais cela faisait partie du charme de notre improbable rencontre. Par exemple, en mars, Anaïs a pris des photos enjôleuses de Léa dans la cellule, pour, comme a dit Léa, « que ça [m]e fasse des souvenirs ». C'est une pratique courante des filles détenues, pour leur petit ami qui les attend dehors. Sauf que moi, ça m'a scié. Je n'arrivais vraiment pas à me voir dans la peau d'un compagnon de détenue. J'ai malgré tout stocké les photos dans mon ordinateur à la maison. J'ai très soigneusement crypté les fichiers, en pensant à ma femme plus qu'à une enquête de police. Jamais je n'ai pensé un instant que je devrais faire face un jour à des investigations judiciaires. Les pièces seraient versées au dossier une fois mes clés de cryptage livrées, mais ce n'est pas ce qui nous a perdus. Nous avons été heureux, parfois joueurs et légers, autant que l'on peut l'être en prison. Et puis il y a eu le tournant, de ceux qu'on ne voit pas arriver.

C'est aux alentours du mois de mars que Léa m'a posé la question, sur un ton anodin. Je n'ai pas vu l'écueil :

« Tu couches toujours avec ta femme ?

— Oui… »

C'est à peine si j'ai compris pourquoi elle me demandait ça. Il y a eu un grand blanc. Elle n'a plus dit un mot. J'ai senti qu'elle était blessée, mais je n'avais pas imaginé une seconde l'impact de ma réponse. Elle s'était refermée sur elle-même, déchirée par mille pensées que je ne connaîtrais jamais, et je suis resté en proie à mille questions, mais qu'aurais-je pu répondre d'autre ? Je m'y attendais si peu que ma réponse avait fusé, je ne sais pas mentir, je suis trop entier. Je m'imaginais, un peu naïvement, qu'avoir des relations conjugales dans une vie conjugale relevait de l'évidence, de la même manière que mes vacances d'hiver ne pouvaient s'être déroulées qu'en famille. Je ne voyais aucune concurrence entre les deux histoires. Avec Léa, c'était de l'amour mais rien n'était possible, en tout cas pas tout de suite. J'avais vraiment l'impression de ne tromper ni l'une ni l'autre. Mais à partir de cet aveu, quelque chose a changé entre nous. Irrémédiablement.

7

Comme par hasard, c'est peu après cet incident qu'a commencé l'histoire entre Léa et le fameux M. Ce surveillant d'une trentaine d'années est devenu progressivement le fléau de notre amour, au point qu'il finirait par plonger avec nous. M. était déjà à Versailles lors de ma prise de poste, et je l'avais promu gradé alors qu'il n'en avait pas les diplômes, ce qu'on appelle un « faisant fonction de gradé ». Je lui avais accordé cet avancement, qu'il méritait sur le plan professionnel, un an et demi plus tôt. Il m'en était reconnaissant, et même si nous avions parfois des discussions un peu vives puisqu'il était le principal responsable du syndicat majoritaire, nous finissions toujours par nous entendre. Et que je m'entende bien avec un syndicaliste, c'était en soi remarquable.

Je n'ai jamais été un adepte des syndicats, et cela ne date pas de mon arrivée à la tête d'un établissement. Je n'ai jamais compris que l'on puisse être vingt-cinq individus à faire semblant de penser la même chose. Pris en groupe, les syndiqués se comportent parfois comme une belle bande d'abrutis, alors qu'individuellement certains sont de chics types et les autres pas des mauvais bougres. En général, les pressions au sein du groupe font que celui qui a la plus grande gueule donne l'impression d'avoir remporté l'adhésion de l'ensemble. Les intérêts prétendument défendus au nom du bien commun le sont souvent au bénéfice de ceux qui ont le mieux léché les bottes. La tendance générale est au « Ne changeons rien, des fois que ce soit pire », au lieu d'essayer d'évoluer en espérant que ça devienne mieux. Ce conservatisme séduit d'ailleurs surtout les plus anciens, ceux qui, en fin de carrière, lorgnent davantage sur leurs points de retraite que sur les conditions de travail au quotidien. Pire, il y a les « permanents », dont certains ont une expérience très limitée de la détention et viennent vous expliquer ce qu'il faut faire alors que vous avez derrière vous vingt ans de pénitentiaire. Tout cela pour dire que les syndicats n'étaient pas ma tasse de thé. L'avenir prouverait que je n'étais pas la leur non plus...

Au jour le jour, je n'avais pourtant de mauvaises relations avec personne. Je conservais une certaine distance avec mon personnel, et même si je suis sympathique dans la vie, je n'étais pas un directeur à qui on donnait des tapes dans le dos. A vingt-six ans, quand j'étais formateur des personnels et que mes élèves avaient mon âge, j'avais commencé sur un mode amical, avant de m'apercevoir que ce n'était pas tenable : trop de gens considèrent que, parce qu'ils tutoient leur supérieur, les règles sont abolies. Il m'est arrivé de prendre un café avec deux ou trois surveillantes de Versailles, mais pas souvent parce que l'événement faisait immédiatement le tour de la détention, avec les inévitables soupçons de favoritisme ou la suspicion qu'elles étaient des taupes à la solde du patron. On me savait plus proche de Sandra, ma collaboratrice principale, avec qui il m'arrivait de déjeuner. Ce n'est pas pour autant que nous partions en vacances ensemble. Encore une fois, mon métier était trop prenant pour laisser de la place à l'amitié.

M. était l'un des rares hommes au sein du personnel de Versailles, six en tout pour une trentaine de femmes. Il avait la réputation de ne pas être très avenant avec les détenues, voire d'être un brin méprisant. A la rentrée de janvier, il avait lancé à Léa sans se gêner, sur un ton ironique :

« Alors, il vous a offert quoi, le patron, pour Noël ? »

Léa avait haussé les épaules et ne lui avait pas répondu. Je ne lui avais rien offert du tout, justement, pas de chance. Léa m'avait immédiatement rapporté ses propos :

« Tu ne trouves pas ça bizarre ?

— Je ne sais pas…

— Quand même, s'il se permet de dire ça, c'est qu'il se doute d'un truc, non ?

— Mais de quoi ? avais-je demandé en riant. Puisqu'il ne se passe rien.

— Presque rien, ouais, t'as raison, avait dit Léa en se serrant contre moi. Mais quand même, je vais lui parler, j'ai peur qu'il se doute…

— Mais non ! Et en plus, quelle preuve il pourrait avoir ? A qui veux-tu qu'il parle de ses soupçons ? Au directeur ? A des surveillants ? Pour dire qu'on fait quoi ?

— Quand même… je vais lui parler !

— Comme tu voudras... »

Je me reproche encore de ne pas lui avoir strictement interdit d'adresser la parole à M. Il n'avait en tout cas rien d'un beau gosse que Léa aurait pu vouloir draguer, et je sais très bien qu'au départ elle n'a pas cherché à sympathiser avec lui. Malheureusement, après un mois de petits dialogues par-ci par-là, Léa, qui se débattait dans une grande solitude et une bien faible estime de soi, m'a annoncé :

« Il est sympa, en fait, M. Il a l'air froid, comme ça, mais il est gentil, au fond... »

J'avais secoué la tête :

« Mouais... je sais pas... »

Comme tout homme amoureux, j'étais malgré tout vigilant et, surtout, je ne voyais pas d'un bon œil que Léa sympathise avec un surveillant. Pourtant, à bien y réfléchir, il n'y a guère qu'avec le personnel de la détention que Léa pouvait créer des liens... Valait-il mieux des membres du personnel ou de vagues connaissances en galère qui la ramèneraient vers son ancienne vie ? Au fil des semaines, leurs relations sont devenues moins formelles, ce à quoi je pouvais m'attendre : Léa était attachante, spontanée et pleine d'humour, j'étais bien placé pour le savoir. Quant à M., il n'était pas irrésistible, mais comme me l'a confié un jour une des copines de Léa : « En prison, la moindre occasion de prendre une bouffée d'oxygène, tu la saisis ! Ça ne veut pas dire qu'elle l'aime, le mec ! »

C'est aussi ce que m'a rétorqué Léa quand la communication avec M. entre deux portes cadenassées s'est transformée en communication virtuelle sur un mode plus amical : elle avait le don de faire confiance à tout le monde, j'aurais donc pu me douter qu'elle finirait par lui dire qu'elle disposait d'un téléphone et même d'un compte Facebook. Ça tombait bien, lui aussi en avait un ! Et c'est ainsi que M. est arrivé dans notre lieu de rencontre le plus intime, sans même s'embarrasser d'un pseudo au départ, avant de se faire appeler... Zorro. Oui, Zorro. Ça en disait long sur son état d'esprit... Le sauveur de la veuve et de l'orphelin, et pourquoi pas de la détenue ? Le côté petite fille perdue qui m'émouvait chez Léa ne pouvait échapper à personne. Elle avait peur du noir, de l'orage ; angoissée, fragile, ses failles étaient immenses, son besoin d'attention illimité... Quand elle m'a annoncé avoir accepté ce nouvel ami sur le réseau social, j'étais fou de rage, et ce n'était pas seulement de la jalousie de ma part mais aussi un agacement profond devant sa naïveté : tant qu'on y était, elle n'avait qu'à annoncer à tout le monde qu'elle avait le téléphone ! Une nouvelle période a commencé. Désormais, il m'arrivait d'attendre le soir devant mon ordinateur la réponse de Léa, qui rappliquait enfin en me disant :

« Excuse-moi, j'étais en pleine discuss' avec M. ! »

J'essayais de la raisonner :

« Déjà qu'on n'a pas beaucoup de temps, si tu discutes avec M., il nous reste quoi ? »

Elle me rétorquait :

« T'as toujours tout ton temps pour moi, toi ? »

Evidemment, ces accès de mauvaise humeur avaient souvent lieu la veille du week-end. Au bout de trois mois, j'ai fini par faire un saut en détention le samedi ou le dimanche, sous un prétexte quelconque. Je ne restais que quelques minutes mais je me débrouillais pour apercevoir Léa, pour lui dire du regard ce que je lui avais écrit la nuit même sur Facebook, que je l'aimais. Ses yeux me répondaient : « Moi aussi. » J'avais besoin de ces signes. Je ne pouvais plus vivre sans. Parfois, nous réussissions à nous étreindre et à nous embrasser rapidement, mais c'était rare. Léa appréciait mes visites comme des preuves d'amour, mais elle s'inquiétait : « Et ta femme ? » Si je parvenais à m'isoler avec elle pendant un quart d'heure dans un des petits bureaux, elle craignait qu'on ne nous découvre. Elle redoutait un imprévu, qu'une surveillante dise : « Appelez-moi l'auxi ménage... Mais où est-elle, à propos ? » Plus le temps passait, plus Léa cherchait à se soustraire à notre histoire... avant de retomber dans mes bras en clamant que j'étais « l'homme qu'elle avait toujours attendu ». C'était très déroutant. Et non moins douloureux. Dans ces moments de souffrance où elle cherchait à fuir notre amour, elle n'avait qu'une envie : être consolée.

Je conserve deux souvenirs précis et symboliques de nos relations en dents de scie au cours du mois d'avril, le mois de nos anniversaires. Le premier est d'une grande douceur. Le jour de mon anniversaire, le 9 avril, Léa est arrivée souriante en salle d'informatique, elle m'a embrassé, et elle a dégainé fièrement une petite pochette cadeau. Je m'y attendais d'autant moins qu'il est difficile de faire entrer un objet en détention, puis de le cacher, sans compter qu'il faut le payer. Je n'ai jamais su quel chemin avait emprunté le trésor, ni qui l'avait acheté. J'ai ouvert l'emballage, et j'ai été bouleversé. Léa m'avait offert un pendentif avec nos deux prénoms gravés sur une plaque d'argent. C'était tout elle ! Le romantisme, l'éternité, la fusion... J'ai soigneusement évité de parler du défaut de son cadeau : je le porterais souvent en prison, caché sous ma chemise et ma cravate, mais je devrais le retirer en rentrant chez moi. Léa était toute contente de sa surprise : « Il te plaît ? Il te plaît ? » Je l'ai embrassée. J'étais vraiment un homme heureux...

Deux jours plus tard, nous nous disputions à nouveau.

Je ne sais plus quel incident a perturbé Léa, sans doute une intrusion malencontreuse de ma vie conjugale dans notre relation. Elle m'a écrit :

« Je crois qu'il vaut mieux qu'on arrête. Notre amour était merveilleux mais je n'en peux plus. Pour moi, aimer, c'est avoir un peu plus de bonheur et j'en ai beaucoup moins ; j'ai besoin de me retrouver. »

Je lui ai répondu :

« Pourquoi m'offrir un cadeau si c'est pour me quitter deux jours plus tard ? »

Et elle :

« Eh bien, justement, ça te fera un souvenir ! »

Je me suis morfondu en me demandant quand nous allions nous réconcilier. Je n'étais pas décidé à faire le premier pas. Moi aussi parfois, j'en avais assez. Assez de me heurter au mur qu'elle dressait subitement entre nous. Le jour de son anniversaire est arrivé, le 12. Et avec lui, le gâteau d'anniversaire.

Ce gâteau, la police en ferait toute une histoire, y voyant à tort un signe de favoritisme, alors que le contexte était glacial entre nous. Il n'y avait rien d'exceptionnel au gâteau de Léa : toute détenue avait le droit de commander à la régie le gâteau de son choix, le jour de son choix. Le formulaire m'était passé entre les mains, j'avais écrit « accordé », comme pour deux ou trois autres détenues. (Les filles pouvaient aussi commander des pâtisseries individuelles tous les week-ends.) Léa avait choisi pour l'occasion un gros fraisier, coûtant aux alentours de quarante euros, et offert par ses copines. Elles avaient obtenu l'autorisation de se rassembler brièvement à six ou sept pour le déguster dans la cellule. Si l'ensemble des détenues de la MAF de Versailles ne soufflait pas ses bougies aussi visiblement, c'est tout simplement parce qu'à quarante ou cinquante ans, et même trente, on tient moins à marquer symboliquement l'événement, surtout quand on est en prison. La veille du jour J, Léa ne m'avait pas proposé de passer, mais en plein après-midi, j'ai reçu un appel d'une surveillante du quartier des femmes :

« Vous ne passerez pas en détention, monsieur le directeur ?

— Non, je n'ai rien de spécial à y faire, et j'ai beaucoup de travail.

— Ah, très bien. Pardonnez-moi de vous avoir dérangé, et bon courage ! »

J'ai su ensuite, et je m'en étais douté, que c'est Léa qui m'avait fait appeler. Mais je me suis dit : C'est bon, je ne suis pas un pantin ! Quand on me quitte le 11, je ne mange pas le gâteau le 12 !

Le soir, j'ai eu droit à un message de Léa sur Facebook, triste et angoissée :

« Il y avait tout le monde à mon anniversaire, mes copines, et même des surveillantes qui sont venues me le souhaiter ! Et toi, t'es même pas passé dire bonjour !

— Je te signale que je n'étais pas invité. Et qu'on n'est plus ensemble !

— Comment ça, on n'est plus ensemble ?

— Tu ne m'as pas quitté ?

— Ben... enfin, ça n'a rien à voir !

— ...

— On se voit demain ? »

Et c'était reparti. On avait un atout majeur pour un « couple » : on adorait plaisanter. On se quittait sur un malentendu. On se réconciliait sur une blague.

Léa avait fêté ses vingt-deux ans et moi mes quarante. En théorie, la différence d'âge n'avait pour nous aucune importance, mais concrètement, Léa était lucide sur le fait qu'elle recherchait chez un homme une épaule solide. Mon côté installé dans la vie la rassurait. J'étais du côté de la loi, du bon côté de la société à tous points de vue. Il lui arrivait de me reprendre quand je plaisantais sur un mode potache :

« Mais qu'est-ce que tu peux être gamin ! »

A l'inverse, elle m'a toujours surpris par sa maturité. Elle était aussi bien capable de déclencher une catastrophe sans réfléchir, elle l'avait prouvé, que de prendre des décisions claires et nettes, pleines de bon sens. Elle avait beaucoup pensé à ce qu'elle voulait : une vie tranquille. Quand je rêvais tout haut de voyages au bout du monde, elle rêvait parfois avec moi, mais jamais longtemps. Le réalisme prenait toujours le dessus :

« Enfin, tu sais, moi, le bout du monde, je m'en fous ! Ce que je veux, c'est qu'on se promène tous les deux dans la rue, main dans la main ! »

Quand elle était très en colère et que je lui décrivais la vie douce que je lui ferais à sa sortie lorsque son incarcération, ce maudit M., ma vie conjugale seraient derrière nous, elle me criait :

« Si tu crois que tu vas m'appâter avec ton argent, non mais tu rêves ! Si tu savais comme je m'en fous de ton fric, de ta cravate de directeur et de toutes ces conneries ! Ce que je veux, c'est un homme qui m'aime ! »

J'essayais de lui prouver que je pouvais être cet homme-là, mais quand la femme qu'on aime est en prison, il n'y a que les mots pour l'en convaincre. Nous tissions notre histoire au fil des lignes d'écriture, mais nous avions hâte de la vivre. Nous nous promettions qu'une fois passée cette épreuve, nous serions heureux, côte à côte. Je le pensais sincèrement. Avec elle, l'espoir d'une nouvelle vie se dessinait pour moi. Il suffisait d'attendre quelques mois. Dès que Léa serait libérée, si je me sentais aimé d'elle, je serais capable de rompre avec ma compagne. De fonder une seconde famille. Capable de tout. Simplement, j'avais besoin qu'elle m'en donne la force et certains jours elle faisait tout le contraire. Elle m'écrivait de grandes tirades révélant des sentiments qui me décourageaient l'espace de quelques heures : « Je ne suis pas capable d'aimer. J'ai besoin de me reconstruire. » Je la comprenais, mais je voulais qu'elle prenne appui sur moi. Comme tous les gens qui ont souffert, elle était parfois prise d'accès de fureur durant lesquels elle doutait de tout et de tous. Et cette façon qu'elle avait de passer de douce et aimante à agressive et fuyante m'a toujours troublé. Comme elle avait conscience que c'était insupportable pour moi, elle s'en voulait très vite, s'en aimait encore moins, voulait s'effacer de ma vie, me laisser à ma « petite famille », et l'éternelle chanson recommençait. Je n'ai jamais fermé les yeux sur les difficultés psychologiques de Léa, plus profondes que des sautes d'humeur. Mais je me suis toujours dit qu'avec beaucoup de patience et d'amour, je l'apaiserais. La question me hante encore : Léa saura-t-elle un jour accepter le bonheur qu'on lui offre ?

A force de crises, j'ai commencé moi-même à douter, à me demander si nous nous en sortirions jamais, à lui dire qu'elle allait trop loin et qu'à un moment je laisserais vraiment tomber pour ne plus endurer ce combat permanent. Mais chaque fois, après réflexion, je me sentais lâche et stupide : peut-on abandonner un amour d'une telle force juste parce que c'est difficile ? Léa supportait mal la critique. Un reproche lui donnait la sensation qu'on ne l'aimait pas, la pire chose pour elle qui s'aimait si peu. Un jour de dispute où je l'avais laissée partir furieuse, je lui ai écrit : « Je te pousserai toujours vers le meilleur en pointant du doigt tes faiblesses afin que tu ne les oublies jamais et que jamais plus elles ne te perdent. » Hélas, cette rigueur s'est retournée contre moi à partir du moment où Léa a trouvé une autre oreille, celle de M. Lui, il la caressait toujours dans le sens du poil, lui promettait un soutien sans faille et prétendument dénué d'arrière-pensées, avec des « je suis ton ami » plein la bouche. Tandis que moi, j'étais l'amant, le méchant, comme elle me l'assénait parfois dans des messages « définitifs ». Elle ne se rendait pas compte que M. n'avait qu'un but : m'évincer, voire me perdre.

A la fin du mois d'avril, un incident m'a amené à penser que la relation entre Léa et M. n'était pas sans incidence sur la nôtre. Ce dernier se trouvait en vacances quand me sont revenus les échos d'un courrier envoyé par le syndicat majoritaire à la Direction interrégionale des services pénitentiaires, critiquant mon mode de fonctionnement... A la personne qui me rapportait cette rumeur, j'ai demandé :

« Et à quel propos ?

— A propos des micro-ondes... »

Je venais effectivement de faire équiper toutes les cellules de micro-ondes qui avaient pour but d'éviter des allées et venues : certaines filles qui travaillaient ne regagnaient leur cellule qu'après le service des repas, ce qui obligeait les détenues en cuisine à rester sur le pont, et ensuite mobilisait une surveillante pour leur retour en cellule. Il n'était pas question d'équiper certaines cellules et pas les autres. Toutes les détenues pourraient donc réchauffer une pizza de temps en temps. Compte tenu de leurs finances, la restauration n'allait pas devenir luxueuse pour autant. J'étais un peu perplexe du vent de protestation soulevé par une trentaine de micro-ondes. J'ai donc insisté :

« Les micro-ondes ? Ça mérite un courrier à la Direction interrégionale ? Dont on ne me parlerait même pas en face ?

— En fait... il y a aussi... le gâteau !

— Le gâteau ?

— Le gâteau d'anniversaire de Léa B.

— Mais enfin, on a déjà vu d'autres détenues manger des gâteaux !

— Oui, mais là... enfin, on y dit que vous n'auriez pas des relations euh... ordinaires avec la détenue... »

J'étais plus consterné qu'affolé. Personne n'avait pu surprendre le moindre geste équivoque entre nous, j'en étais certain. Nos gestes d'affection étaient rares et nous étions très prudents. J'ai mis fin à la conversation en me disant : « De toute façon, je finirai bien par avoir ce papier entre les mains ! » Quand j'ai croisé M. à son retour de congé, je l'ai tout de même questionné :

« C'est quoi cette histoire de courrier à l'administration pénitentiaire ? »

Il a haussé les épaules :

« Un courrier ? Alors là, je ne suis pas au courant ! J'étais en vacances !

— Mais si ça émane de votre syndicat, vous devez bien être au courant, tout de même ! »

M. semblait embarrassé :

« Disons que j'ai vaguement entendu parler d'un truc... mais... mais je ne sais pas de quoi il s'agit ! »

Je ne l'ai pas cru un instant. Et ça m'a déplu. La seule chose qui me rassurait est qu'il n'existait aucune preuve matérielle de notre relation, sinon dans mes ordinateurs sécurisés.

Je n'ai pas manqué d'avoir des nouvelles officielles : trois jours plus tard, je recevais un appel du directeur interrégional des services pénitentiaires, qui m'a annoncé d'un ton très décontracté après quelques amabilités d'usage :

« J'ai reçu un courrier du syndicat, je ne sais pas si vous êtes au courant... Une partie du personnel se plaint de faveurs trop grandes accordées aux détenues, trop de confort... Il y a les micro-ondes, une histoire de gâteau d'anniversaire... »

Je me suis expliqué sur ma conception de la détention, ainsi que sur le caractère non exceptionnel du gâteau d'anniversaire. Il a continué :

« Ah, et il y a aussi en fin de courrier... c'est quoi au juste cette histoire de détenue enfermée avec vous dans votre bureau la veille de Noël ? »

Je me suis mordu la lèvre et j'ai répondu d'une voix assurée :

« Oui, ils veulent sans doute parler de la détenue venue faire le ménage, les autres étaient en permission.

— Ça lui a pris trois heures ? Enfin, j'ai trouvé cette allusion assez déplacée, je dois dire... Ecoutez, je vous scanne le courrier, et vous me tenez au courant afin que je leur fasse une réponse un peu... argumentée. »

Le directeur interrégional se moquait sans doute pas mal des micro-ondes comme du gâteau et de « l'affaire du ménage », qui n'a pas eu l'air d'éveiller ses soupçons, mais il devait répondre au syndicat. J'étais impatient de lire le fameux courrier, mais pas inquiet outre mesure. La lettre parlait effectivement des micro-ondes, du gâteau, dont il était précisé que la bénéficiaire était la détenue venue faire le ménage. Le tout était pudiquement qualifié de « pratiques contestables », mais à propos de Léa, seul sujet qui m'importait, le courrier semblait plutôt relayer un agacement que dénoncer un fait avéré. Des bruits, il y en avait, il y en aurait encore, mais des preuves, aucune. Si le courrier avait vraiment été provoqué par notre histoire, dont le signe le plus évident pour un regard extérieur était en effet la venue de Léa dans mon bureau, il n'aurait pas été écrit quatre mois après les faits. La lettre désapprouvait ma gestion de la vie en détention et ma bienveillance. Nulle dénonciation d'un quelconque lien, ni charnel ni amoureux. Plus tard, durant l'instruction, j'ai appris que c'était une surveillante un peu revêche qui avait été à l'origine de ce courrier. M., bien sûr, était parfaitement au courant.

J'ai rappelé mon patron et noyé le poisson. Si ma hiérarchie m'en a tant voulu par la suite, si j'ai été sanctionné avec une sévérité tellement disproportionnée par rapport aux faits, alors que personne n'avait été lésé, c'est parce que ce jour-là, j'ai – il faut bien le dire – menti. Et fait mentir mon directeur interrégional, puisqu'il a envoyé au syndicat une réponse apaisante, sur le mode « circulez, il n'y a rien à voir, et tous mes respects ». Mes supérieurs se sont sentis trompés, humiliés, ce qui n'était vraiment pas mon but. Je n'étais pas fier de tricher. Mais je n'avais pas le choix.

L'affaire de la lettre ne m'a pas rendu plus vigilant avec Léa car nous ne pouvions l'être davantage.

Quelques surveillantes lançaient à Léa des : « Alors, il est passé, votre chéri, aujourd'hui ? » Certaines le disaient avec bienveillance, estimant que ce lien affectif était positif pour une fille comme Léa, d'autres avec aigreur, parce que tout lien affectif leur semblait déplorable ! Le personnel savait que j'aimais bien Léa, c'est un fait, mais d'abord, on ne se permettait pas de m'en faire le reproche, ni même la remarque, ensuite, personne ne pouvait imaginer un passage à l'acte. Tout le monde savait bien à quel point l'étroite surveillance rendait toute proximité difficile, voire impossible. Je n'étais pas du genre à embrasser des filles entre deux portes en me cachant comme un voleur. Encore une fois, notre amour n'était pas de ceux que l'on imagine possibles, ni enviables : c'était même l'enfer, la pire configuration que l'on puisse imaginer. C'est très dur de ne jamais pouvoir fermer une porte au nez du monde en se disant : « Enfin, je suis avec celle que j'aime ! » Même si la situation nous faisait parfois sourire et donnait une fougue incroyable à nos étreintes, nous en souffrions, et de façon croissante au fil du temps. Plus notre liaison durait, plus nos tête-à-tête pouvaient paraître suspects, plus il fallait se cacher.

Après la lettre du syndicat, je me suis montré encore plus vigilant sur les échanges entre Léa et M. Ma jalousie parce qu'il nous volait du temps se doublait désormais de doutes sur sa fiabilité. Et si c'était lui qui se cachait derrière ce courrier ? Cette protestation n'était-elle pas le résultat direct de sa propre jalousie ? Cela aurait voulu dire qu'il soupçonnait quelque chose... Léa se méfiait si peu de lui, et elle était si peu avare de confidences, tellement demandeuse d'attention... Il a commencé à lui téléphoner dès qu'elle lui envoyait un texto parce qu'elle avait une petite baisse de moral. Je ne sais pas comment M. se débrouillait pour lui répondre aussitôt, soirs et week-ends compris, alors que lui aussi avait une vie de famille, toujours est-il que dès que je manquais deux secondes à l'appel, Léa se consolait auprès de lui. Et quand je dis « deux secondes », ma vie était vraiment tournée vers elle et je faisais tout mon possible pour qu'il en soit aussi. Dès qu'elle souffrait un peu plus que d'habitude de notre séparation, de ma situation ou de sa détention, Léa me lançait : « M., lui, il me soutient le moral au lieu de m'aboyer dessus » ! ou encore « Il est vraiment super dispo, M. ».

Est-ce qu'elle prenait un malin plaisir à me narguer, ou étais-je vraiment trop jaloux, comme elle le prétendait ? Jusque-là, la jalousie n'était pas mon truc, et voilà que je me mettais dans tous mes états. Je bouillonnais de rage. En remontant dans mes souvenirs, je me suis souvenu d'avoir été comme ça à dix-huit ans, mais ce sentiment m'avait quitté depuis longtemps. J'ai réalisé que, depuis quinze ans, je n'avais eu aucune occasion d'être jaloux. Avec ma compagne, la confiance avait toujours été totale. C'était la première fois que j'étais avec une fille qui jouait avec mes nerfs. Elle me faisait tout payer, le moindre défaut d'attention, la moindre absence, et surtout ma situation conjugale, même si elle n'était évoquée qu'à travers une remarque cinglante.

J'ai fini par lui faire des scènes virtuelles, où j'essayais de mettre de l'humour mais sans toujours y parvenir : « Il te raconte quoi de passionnant, M. ? C'est quand même bizarre, votre relation, non ? » Elle me répondait : « Mais t'inquiète pas, mon cœur, il ne se passe rien ! »

Il est vrai que M. ne s'est jamais aventuré à lui faire des avances. Un soir, ou peut-être une nuit où j'étais à bout de forces, je lui ai demandé :

« Je doute trop, donne-moi ton mot de passe, je veux être sûr. »

Elle a accepté, je me suis radouci, elle m'a alors écrit :

« Devine quel est mon mot de passe ?

— Comment veux-tu que je le sache ?

— C'est quelque chose que je n'ai jamais dit à personne à part toi ! Trois mots ! »

J'ai cherché, je ne voyais pas…

« C'est trop difficile, dis-les-moi.

— "Je t'aime" ! »

J'en ai eu les larmes aux yeux. Elle me disait souvent « je t'aime ». Bien sûr, je me suis demandé si elle ne me mentait pas, mais j'avais mis assez de temps à l'apprivoiser pour ne pas le penser et puis, surtout, je me suis souvenu qu'elle était en dehors de la vie depuis longtemps : elle était entrée en prison à dix-sept ans, elle n'avait pas eu beaucoup de temps pour dire « je t'aime » à un homme.

J'ai lu leurs échanges, anodins effectivement, mais enfin il y avait tout de même un jeu de séduction à mes yeux. Léa adorait plaire, adorait qu'on l'aime, il lui aurait fallu des correspondants Facebook en continu nuit et jour pour bien faire, et M. n'était pas de trop pour elle. Après m'avoir dit en décembre « Je ne le sens pas, ce type », je ne supportais pas qu'elle me dise « Je l'aime vraiment bien ». Il suffisait qu'on l'aime pour qu'elle aime les gens, et elle faisait vraiment tout pour qu'on l'aime, sur tous les plans. M., de son côté, était assez doué aussi pour attendrir Léa. Il s'est mis à se confier à elle, sur ses petits pépins de santé, ses problèmes existentiels. Léa me faisait lire ses messages dès que je craquais, pour me rassurer. Quelques phrases faussement énigmatiques me rendaient fou, comme : « Tu sais, j'ai des qualités cachées. » Devant d'aussi grosses ficelles, je suppliais Léa d'ouvrir les yeux : il avait envie d'autre chose avec elle, elle me rendait fou, il fallait qu'ils arrêtent ! Parfois, Léa accédait à ma demande et écrivait à M. : « Ça suffit, on ne se parle plus, ça devient trop bizarre, j'ai pas trop aimé ta dernière phrase. » Il se tenait alors sagement en retrait avant de revenir à la charge à la première occasion. Il avait deux avantages sur moi : le premier était d'ordre technique, puisqu'il disposait d'un forfait téléphonique illimité. Il lui arrivait de l'appeler quatre heures de suite, et si Léa me prenait en double appel parce qu'elle était en ligne avec lui, j'avais la nette impression d'avoir un rival. Je me retrouvais, ivre de rage, à tourner en rond dans mon salon en attendant que la ligne se libère. J'ai résolu cette question pratique en changeant de forfait, en essayant d'appeler le premier. Le second atout de M., c'était qu'il n'avait pas mon caractère : il se laissait faire au gré des humeurs de Léa, notamment des hauts et des bas de notre histoire, toujours fidèle au poste pour servir de pansement.

Certains de nos malentendus tenaient au caractère virtuel de notre relation, comme la plupart des disputes qui en découlaient. Quand nous étions ensemble physiquement, nous nous chamaillions peu, voire pas du tout. Mais l'éloignement créait de sérieuses perturbations. Une crise nous a particulièrement secoués, pendant plusieurs jours. Je m'étais endormi par mégarde dans le lit de ma fille à vingt et une heures trente après lui avoir fait le câlin du soir. C'est arrivé à tous les pères. Je suis arrivé sur Facebook à une heure du matin alors que Léa et moi avions pris rendez-vous pour vingt-trois heures trente. Elle m'a tout de suite balancé : « Ça fait deux heures que je t'attends ! Alors, ça va mieux ? T'es allé faire ce que t'avais à faire ? » Dans sa tête, les raisons de mon absence ne faisaient aucun doute : j'étais avec ma compagne, et elle avait dû ressasser cette scène des heures durant… J'étais glacé de tristesse, malheureux d'imaginer sa douleur, à si mauvais escient. J'ai mis un temps fou à la rassurer. Elle finissait en général par me croire. Un temps. Jamais pour toujours. Après une scène, il y en avait toujours un qui demandait pardon à l'autre, mais pendant les mois d'avril, mai et juin, notre relation fut pleine de heurts et de tensions. Je n'avais jamais vécu comme cela. Je n'avais, à vrai dire, jamais connu la passion. J'avais toujours aimé dans la tendresse. Quand Léa me traitait mal, je me surprenais à lui lancer des piques à mon tour : « Tu sais ce que ça produit comme effet, tes conneries avec M. ? Je perds toute confiance en toi et je me rapproche de ma compagne ! Parce qu'elle au moins, elle est digne de confiance ! » J'ai peut-être été parfois violent dans les mots, mais Léa me plongeait dans des abîmes de douleur et ne m'épargnait pas davantage. Je me souvenais de bribes de sa vie passée et je les considérais d'un œil nouveau : son premier petit ami était maladivement jaloux... C'est pour cette raison qu'elle l'avait quitté. Je me disais : « Comme moi ? A l'époque, elle avait aussi un M. ? »

Evidemment, il n'était pas question que je demande à M. d'arrêter : je ne pouvais tout de même pas aller le chercher sur le terrain du règlement ! J'étais coincé. A bout de nerfs, dans l'impossibilité de parler directement à l'ennemi, j'ai eu la mauvaise idée de suggérer à Léa : « Dis-lui que tu as quelqu'un. Fais-le pour moi. » Elle l'a fait, espérant qu'il s'éloignerait et mes craintes avec. Elle m'a souvent écrit : « Comment peux-tu dire que tu m'aimes alors que tu me fais si peu confiance ? Alors que tu me fais tant souffrir ? » Je n'avais pas de réponse. Cela ne m'était jamais arrivé.

En avril 2010, Léa a donc éconduit M. en lui annonçant : « Tu sais, c'est pas la peine de te faire des idées, j'ai quelqu'un... » Le problème est que M. s'est rendu compte que cet homme ne venait pas la voir au parloir. Il s'est interrogé :

« Mais il s'en fiche, de toi, ou quoi ? »

Léa a fini par lui dire :

« Ben non. S'il ne vient pas, c'est parce qu'il est en prison ! »

C'était mal connaître M. que de croire que ça suffirait à lui clouer le bec. Il lui a répondu :

« C'est dommage... Tu mérites mieux que ça... »

Et les jours suivants, il s'est employé à lui faire la morale :

« Il faut que tu sortes de ce monde de racailles... »

Léa me racontait tout. Nos rencontres étaient d'autant plus fortes qu'il s'agissait souvent de réconciliations après des épisodes de démence sur Facebook, où je perdais vraiment tout contrôle, et où elle finissait par me claquer la connexion au nez, me laissant pétrifié de tristesse et de douleur. Des dizaines de fois, j'ai cru que c'était fini, mais nos regards démentaient nos mots et je ne laissais jamais Léa s'enfermer dans sa colère. La mienne passait toujours. Peut-être que toutes nos tensions venaient de nos nerfs à vif à force de frustration.

M. n'a pas semblé ébranlé par le fait que Léa était avec quelqu'un : il lui écrivait toujours autant, l'appelait et la draguait, même si Léa savait le remettre à sa place, ce dont elle me montrait parfois la preuve. Il s'en moquait, forcément, puisque son « rival » n'était pas libre, et que c'était en plus un type peu recommandable. C'est moi qui, exaspéré, ai fini par lancer à Léa :

« Tu sais quoi ? Tu n'as qu'à lui dire que ton mec, c'est son patron ! Ça va le calmer ! »

J'ai cru que M. quitterait le terrain immédiatement, qu'il serait embarrassé, ennuyé, contraint au repli. Ça ne l'a pas calmé, bien au contraire. Ça l'a secoué, mais nous sommes surtout devenus des complices, unis dans le silence : je ne pouvais rien lui dire, et réciproquement.

Peu après, j'ai fini par proposer à M. de boire un café ensemble, histoire de crever l'abcès. Je n'y suis pas allé par quatre chemins :

« Alors, vous êtes au courant...

— Oui...

— Bien...

— Je sais que vous prenez mal ma relation avec Léa, mais vous savez, il n'y a rien... a-t-il voulu se justifier.

— Sans doute... »

Nous n'avons pas eu besoin de nous dire un mot de plus, ni de préciser que le secret total s'imposait. Nous avions beaucoup à perdre l'un comme l'autre si la vérité éclatait. Quant au fait que je prenais mal sa relation avec Léa, je n'avais aucune légitimité pour intervenir, sur aucun plan, et d'aucune façon. Je ne pouvais pas leur interdire de communiquer, j'étais en couple, donc dans l'adultère, j'étais le directeur, donc hors des clous, pieds et poings liés.

8

A partir du mois de mai, les scènes avec Léa se sont intensifiées. Les émotions, la fatigue, ça m'usait, et elle aussi. Nous avons rompu plusieurs fois et chaque fois je souffrais comme un fou. En dix mois, elle a dû me quitter dix fois, moi une. Elle me quittait parce que ma jalousie la faisait souffrir, parce que M. était plus docile. Je la suppliais :

« Arrête avec lui, arrête, il va bouffer notre histoire ! Elle est déjà assez compliquée comme ça... »

Léa, en colère, me rétorquait :

« Et toi, t'es toujours avec ta femme ? Tu oses me reprocher d'avoir une amitié avec quelqu'un avec qui il ne se passe rien ? Le jour où on sera sur un pied d'égalité, tu pourras me demander des comptes. D'ici là, t'oublies ! »

Léa culpabilisait sur l'adultère tout en souhaitant, j'en suis sûr, avoir des preuves d'amour concrètes. Or je n'avais pas quitté ma compagne. Je lui répétais sur tous les tons que j'étais prêt à tout abandonner pour elle, mais dans les faits je ne le faisais pas. Parce que je n'avais pas assez confiance en Léa. Qui n'avait pas assez confiance en moi, et donc se vengeait. Le cercle vicieux.

A propos de M., elle m'a fait des promesses :

« Tu as raison, mon cœur. Je l'ai laissé grignoter notre temps... je te demande pardon. On va repartir à zéro. »

Nous traversions des périodes d'accalmie qui pouvaient durer une dizaine de jours. Nous nous remettions à rêver, à faire des projets, et puis l'enfer recommençait. L'existence de M. est devenue pour moi une torture mentale, la source de tous nos conflits. Fin mai, j'en ai perdu toute pudeur. J'ai fini par écrire à M. un très long message via Facebook. Pour résumer, il disait : « Fous-nous la paix ! »

M. m'a répondu dans la foulée que je ne devais pas m'inquiéter, qu'il n'était ni un ennemi, ni un fourbe, ni un traître, la preuve, il n'avait pas dénoncé la présence du téléphone. J'ai su plus tard que pendant cet échange de messages, M. écrivait en même temps à Léa : « T'inquiète pas, je lui dis ce qu'il veut entendre. » Ce double jeu avait un seul but : me détacher de Léa, en lui montrant qu'il était le bon et moi le méchant.

Mon problème, c'était de croire que Léa voulait me trahir avec lui, au point qu'aujourd'hui encore, j'oscille entre « elle l'a pris pour confident de secours » et « elle ne respectait pas ses engagements ». Léa l'a dit et répété ensuite dans les procès-verbaux de la police : pour elle il n'était qu'un ami et il ne s'est jamais rien passé entre eux, même si elle reconnaissait avoir compris qu'il voulait davantage. Je n'ai jamais su, et ne saurai probablement jamais, si M. est tombé amoureux d'elle ou n'a fait que la désirer. De lui, elle a dit à la police qu'il était comme un frère, de la même manière qu'elle a dit de moi que j'étais comme un père. Toujours ce besoin de se constituer une famille, avec des hommes solides, du côté de la loi, des hommes comme elle n'en avait jamais connu, fiables. Sauf que M. ne l'était pas vraiment.

Le problème de Léa, c'était qu'elle doutait de mon amour. Elle n'arrivait pas à croire qu'un homme comme moi puisse s'intéresser à elle. Et quand je dis « comme moi », je ne veux pas dire meilleur qu'un autre, mais simplement ayant une vie normale, avec une position sociale respectable, quelqu'un qu'elle estimait. Elle m'imaginait double, comme tous les hommes qu'elle avait croisés, et ma double vie lui donnait sans doute des raisons de le penser. J'avais beau faire très attention, mon quotidien conjugal faisait inévitablement irruption dans notre relation et cela la rendait folle. Un jour, Léa tripotait machinalement mon téléphone, un appareil neuf sur lequel je venais de transférer toutes les données sauvegardées dans mon ordinateur, sans les mettre à jour. Dans le menu « favoris », elle n'a trouvé qu'un contact : celui de ma compagne. C'était parti.

« 'Favori', ta femme ? Et moi, je suis quoi ? De la merde ? »

J'ai regardé le téléphone, ahuri, avant de comprendre :

« Mais non, c'est à cause du transfert… Je n'ai pas fait de mise à jour sur l'ordinateur.

— Arrête de mentir, il est neuf, ton appareil !

— Mais je n'ai pas fait attention, c'est les vieilles données, je te dis...

— Fous-toi de ma gueule ! »

J'ai mis dix minutes à la calmer.

Se quitter, c'était une chose ; ne plus s'aimer, c'était inconcevable. Plusieurs fois, parce que nous avions tous les deux trop mal, nous avons proposé à tour de rôle :

« On arrête tout et on recommence quand tu es sortie. »

« On arrête tout et on recommence quand je suis sortie. »

Mais arrêter quoi ? Arrêter de s'aimer ? Trois jours passaient, je la croisais de nouveau et notre souffrance était telle que nous oubliions à quel point nous avions mal quand nous étions ensemble. Nous disions : « Quitte à souffrir, autant que ce soit avec des baisers, des conversations sur Facebook, des textos et des appels. »

De son côté, elle me torturait en acceptant les petites attentions de M. – un DVD, une surprise qu'il lui rapportait de voyage. M. et moi avons fini par nous chamailler au sujet d'une peluche Winnie l'Ourson que voulait Léa : elle lui en a parlé d'abord, un soir sur Facebook. Il lui a répondu dans la foulée qu'il la lui apporterait. J'ai aussitôt interdit à Léa de l'accepter. Elle le lui a dit. Le lendemain, j'écumais les magasins de jouets à la recherche de Winnie. Léa était vraiment une gamine, et je finissais par retomber en enfance moi-même. Elle réveillait ma part d'enfant, celle que je devais enfouir dans l'exercice discipliné de mes fonctions. Je n'ai finalement pas trouvé Winnie, mais je me suis rattrapé avec une autre peluche, quelques mois plus tard, lors de son départ pour Fresnes.

La justice a consigné les prétendus « avantages » qu'on m'a accusé, ainsi que M., dans une moindre mesure, d'avoir procurés à Léa : un ours en peluche, des puces de portable, un colis de ramadan bien garni que Léa a partagé avec ses codétenues. Sont aussi passés par sa mère « une bouteille de shampooing à trois reprises et de l'après-shampooing à deux reprises », toujours selon les procès-verbaux de cette affaire d'Etat. Il y a eu aussi un parloir à trois alors qu'ils se déroulent normalement à deux : Léa, Anaïs et sa mère s'étaient vues ensemble parce que Anaïs était en pleine dépression et ne recevait pas de visites car elle était de Marseille. Des exceptions à la règle, j'en faisais régulièrement quand la demande me semblait justifiée et si rien ne s'y opposait du point de vue de l'instruction ou de la sécurité.

On se rassurait mutuellement sur notre crainte d'être découverts, en n'ayant jamais peur en même temps. Parfois, Léa me disait sur un ton péremptoire :

« Laisse tomber ! Même s'il y a des bruits, qui pourrait croire à cette histoire ! On ne peut pas se faire prendre. »

Je faisais de l'humour noir :

« J'oubliais, tu es experte en la matière... »

Ça ne la faisait pas rire. Quand quelque chose gênait Léa, elle se fermait, regardait par terre, et passait vite à autre chose.

Quand c'était elle qui avait peur, je lui disais :

« Regarde notre situation : je suis en couple, je suis directeur, tu es une détenue, et en vingt ans de carrière, je n'ai jamais eu d'incident de ce genre, personne n'y croira. »

A la maison, j'étais progressivement devenu un autre homme. Nous n'étions pas en crise, mais la tendre complicité d'autrefois s'était effritée. J'étais là, mais absent. Léa passait avant tout le reste, avant tout le monde. Seule ma fille gardait une existence concrète à mes yeux. Je l'emmenais toujours au poney le samedi, moment privilégié où j'étais tranquille... pour appeler Léa. En revanche, j'ai raté la fête de l'école, et je me suis dit : Ce n'est pas grave. Je parlais même moins à mes parents, avec qui j'entretenais auparavant des relations téléphoniques régulières. Je ne les avais jamais tenus au courant heure par heure de ma vie sentimentale, mais là, c'était comme si un mur s'était dressé entre moi et les autres. Cette année-là, j'ai même oublié de remplir ma déclaration d'impôts. Je regardais de moins en moins les ventes aux enchères sur Internet, incapable de me concentrer. Chez moi, l'ordinateur, désormais, c'était Léa. Et rien que Léa.

La perspective de l'été me faisait peur. Le mois de juillet était le moment où je partirais en vacances avec ma famille, et Léa le vivrait sans doute mal. J'étais loin d'imaginer à quel point. Nous étions épuisés. Nous avions décidé de profiter des vacances pour faire une pause dans la communication permanente, mais certainement pas dans notre amour. Le choix de cette période n'était pas un hasard. Léa n'aurait pas à jongler avec les heures de liberté d'un homme pris, et moi je savais que j'aurais été contraint de la frustrer. Je n'étais pas malheureux de partir en famille, même si je pensais constamment à elle. Je ne cherchais pas à l'oublier, c'était impossible. Je n'avais pas envie que notre histoire prenne fin, même si elle était parfois douloureuse.

Nous sommes partis sur la Côte d'Azur, puis pour une randonnée en Haute-Savoie avec huit heures de marche par jour et bivouac le soir. Ce n'était pas l'Himalaya mais c'était suffisamment physique pour me permettre de faire le vide dans ma tête et de décompresser, tant par rapport à mon travail que vis-à-vis de Léa, même s'il n'a pas dû passer une heure sans que je pense à elle. Pendant deux semaines, je n'ai pas envoyé un seul SMS et je ne suis pas allé sur Facebook, pour montrer que j'étais capable de m'en tenir à notre décision. Au beau milieu du mois, j'ai reçu un message agressif, elle devait m'en vouloir de ne pas avoir craqué. Nous nous étions fait beaucoup de mal, et pour moi le silence était un moyen de panser les blessures.

Je suis rentré début août, et je l'ai reçue dans le bureau d'audience du rez-de-chaussée. Elle était distante. Pas moyen de savoir si elle avait décidé de s'éloigner, si elle me faisait payer notre pause, ou les deux. Je me suis justifié :

« On avait dit qu'on faisait un break… Je n'ai pas fait ce qu'il fallait ? »

Elle était peu loquace. Et elle m'a vite mis hors de moi quand elle m'a avoué avoir communiqué avec M., alors que nous étions censés faire une pause dans *toutes* les communications. Elle m'a lancé :

« Pendant ton absence, je me suis vraiment rapprochée de M... J'avais tellement l'impression de ne pas te manquer. »

Je n'ai rien dit du bracelet qu'elle portait au poignet. Je n'avais pas envie d'entendre sa réponse. Qui d'autre que M. aurait pu lui rapporter un cadeau de vacances ?

Ces retrouvailles m'ont miné. Je n'avais même pas pu m'approcher d'elle, dans cette pièce. Sans que nous nous soyons disputés, j'avais l'impression que quelque chose était cassé. Mais je ne mesurais probablement pas ce que Léa avait vécu, enfermée, sans nouvelles, ni l'effort que cela avait dû représenter pour elle de ne pas chercher à me joindre. C'était l'été, une période où les rêves de liberté sont plus intenses. Même sa mère et sa sœur étaient absentes, parties rendre visite à leur famille en Iran. Elle avait dû passer des jours et des nuits à m'imaginer heureux, en famille et en liberté. Je n'ai réalisé tout cela que bien plus tard, quand la justice nous a séparés, en portant sur notre histoire un regard plus distancié.

Pendant une dizaine de jours, Léa est restée comme endurcie. Les autres fois, j'avais dû la conquérir à nouveau, mais cette fois, c'était différent, comme si quelque chose de plus profond demandait à être réparé.

Les deux écueils de notre amour ont vite ressurgi, ma compagne et M., à tour de rôle. Je n'étais plus capable de mettre une barrière entre ma vie conjugale et ma vie avec Léa. Quand ça se passait mal avec elle, je revenais à la maison d'une humeur de chien. J'étais irascible, injuste. Ma compagne ne comprenait pas ce qui m'arrivait. Un soir où j'allais très mal, j'ai écrit à Léa : « Je t'ai dit que plus tu es cruelle, plus je me rapproche de ma femme ? Eh bien, ce n'est même plus vrai. Je n'ai même plus envie de me consoler avec ma femme quand tu es en ligne avec M. J'ai juste envie de te serrer dans mes bras et de pleurer. »

Un jour, à bout de nerfs, j'ai même piétiné l'un des symboles amoureux les plus chers à Léa. Elle adorait les comédies romantiques, qu'elle empruntait en nombre à la médiathèque de la prison. Après avoir vu *Un automne à New York*, elle était tellement emballée qu'elle avait insisté pour que je le regarde. C'est une histoire dure et belle, celle d'un quadragénaire qui tombe amoureux d'une jeune femme en proie à un cancer. Il lui offre une montre en or et lui dit : « Tu me la rendras quand tu seras guérie. » J'avais aussitôt fait la même chose avec Léa : je lui avais donné une montre en or que j'avais achetée dans une vente, en lui disant :

« Tu me la rendras quand tu sortiras. »

Nous nous étions tellement disputés, j'étais tellement excédé que j'ai fini par lui ordonner froidement :

« Va chercher ma montre. Tout de suite. »

Elle était hors d'elle, mais elle s'est exécutée. Elle n'avait pas vraiment le choix. Elle a compris que j'étais à bout, que cette dispute risquait d'être fatale. Elle est revenue, bouillonnant de rage. Butée. Haineuse. Quand elle est repartie dans sa cellule après m'avoir tendu la montre, j'ai pensé que je l'avais perdue. Elle aussi, puisqu'elle s'est confiée à Nolwenn :

« Tu sais, je crois que c'est vraiment fini, là. »

Le soir même, elle a avalé les médicaments d'une de ses codétenues et s'est retrouvée à l'hôpital. On m'a prévenu à la maison au petit matin, je ne me suis pas inquiété pour son pronostic vital (j'ai l'habitude, hélas), plutôt à cause du sens de son geste : elle était au bout du rouleau. Je ne voyais aucune solution. Ce qui l'aurait comblée, c'était de vivre une autre vie, en liberté, avec un homme libre. On était loin du compte. Dans la journée, Nolwenn a demandé à me voir, chose tout à fait exceptionnelle, et ce n'était pas vraiment pour me rassurer :

« Elle est tellement à bout qu'elle va finir par faire une connerie avec M. Rien que pour vous emmerder !

— Mais elle m'aime ?

— Evidemment !

— Alors pourquoi elle me rend fou ?

— Elle est comme ça, elle a besoin d'avoir des admirateurs, ça ne veut pas dire qu'elle en aime un autre. »

En sortant de sa torpeur médicamenteuse, Léa ne s'était pas calmée. Elle a envoyé un SMS à M., « j'ai fait mon choix », puis s'est empressée de me le dire.

M. lui a aussitôt répondu : « Je suis le plus heureux des hommes. »

J'en tremblais de rage, et la jalousie m'a poussé à me réconcilier avec elle.

L'idée qu'elle soit avec un autre était ma pire hantise, avec la peur de sa mort. Je me disais qu'un jour, on découvrirait son corps au petit matin et qu'on m'appellerait :

« Allô ! Mauvaise nouvelle. Une détenue s'est pendue. »

Je demanderais qui, et on me répondrait :
« Léa B. »

Et il faudrait que je m'en occupe, que j'affronte le corps de la femme que j'aimais comme s'il s'agissait de celui d'une détenue quelconque, que j'exécute les gestes professionnels, et je me disais : Je ne peux pas ! Je ne pourrais jamais !

Léa n'était pas vraiment suicidaire, mais nous étions dans un tel état... Quand elle cessait de répondre au téléphone après une crise, je crevais d'angoisse. Et puis la période était difficile : son procès en appel se profilait à l'horizon. Elle avait peur que sa peine ne soit alourdie. Et aussi peur d'être séparée de moi ensuite, puisque, une fois sa condamnation définitive, elle serait affectée dans un centre de détention.

Et notre histoire a repris, comment pouvait-il en être autrement ? Mais l'échéance mettait nos nerfs à rude épreuve. Nous étions en septembre 2010, et Léa n'avait plus que quelques semaines à passer à Versailles, avant d'être transférée de nouveau à Fresnes pour le procès en appel. La date était fixée : le 18 octobre 2010. J'aurais voulu arrêter le temps, et je voyais les jours passer, impuissant. L'idée d'être séparés pendant deux mois nous était insupportable. Nous ne nous verrions pas, nous ne nous parlerions pas, puisqu'il était exclu qu'elle emporte son téléphone et se fasse prendre pendant cette période sensible. Nous savions aussi que ce serait compliqué de s'écrire. Je ne pourrais pas lui adresser de courrier sinon sous un pseudonyme, et sans écrire à la main. De son côté, elle ne pouvait m'écrire ni à la prison ni à mon domicile. Nous avons mis au point un plan : j'avais repéré une boîte aux lettres abandonnée au bout de ma rue, je collerais un faux nom dessus, Fabien Sanchez (choisi au hasard par Léa) et elle m'écrirait là. Quant à Fabien Sanchez, rien ne lui interdisait de lui écrire des lettres d'amour. A Fresnes, personne ne connaissait ses correspondants habituels, et j'agrémenterais mes lettres de détails afin de brouiller les pistes : je passais ma vie dans les aéroports, j'étais en déplacement à l'étranger, etc. C'était un bon plan, les lettres n'ont jamais été saisies par la police, qui n'a jamais fait le rapprochement.

Nous avons commencé à nous voir de plus en plus régulièrement, saisis d'une véritable boulimie, comme pour faire des réserves d'amour, avec un sentiment d'impunité grandissant. C'est à ce moment-là que j'ai commis l'erreur qui nous serait fatale.

Léa avait été convoquée au tribunal de grande instance de Créteil pour l'interrogatoire de curriculum vitae avec le président de la cour d'assises, obligatoire avant tout procès. D'habitude, elle cachait sa puce de téléphone dans son soutien-gorge, mais ce jour-là, elle l'a glissée dans sa culotte, et la puce est tombée dans la cuvette des W.-C. J'étais en congé, et quand Léa est rentrée à Versailles, elle m'a appelé grâce à la puce de Nolwenn, dans tous ses états... J'ai voulu faire vite, faire simple. Dans un mois, je ne la verrais plus, je ne l'appellerais plus. J'ai acheté une puce à mon nom, avec ma carte d'identité. J'ai juste demandé à Léa de me la rendre à son départ, afin que la ligne ne reste pas active à Fresnes. Je n'ai même pas hésité, je n'avais vraiment pas peur.

Je ne culpabilisais plus du tout vis-à-vis du règlement : plus nous nous aimions, plus notre amour me paraissait légitime, moins j'avais l'impression de mal agir. Plus tard, parmi les motifs de mon renvoi en correctionnelle, il y aurait « trouble exceptionnel à l'ordre public ». C'était précisément ce que je ne voyais pas, même en me creusant la tête.

C'est aussi à ce moment-là que nous avons rompu notre promesse de n'avoir aucune relation charnelle. Un an s'était écoulé depuis notre premier baiser. Avec son départ qui approchait, nous vivions dans un état de tension exacerbée. Souvent, elle disait qu'elle voulait rompre pour avoir moins mal par la suite... Jusque-là, quand elle prenait ses distances, je pouvais la récupérer d'une façon ou d'une autre puisqu'elle était sur place, mais je me demandais comment nous allions survivre à deux mois de silence complet.

C'est aussi à ce moment-là que je l'ai filmée pour la première fois avec mon portable. Ça s'est passé dans le bureau d'audience, je voulais avoir une image d'elle en mouvement, parce que je savais que je ne la verrais plus pendant longtemps, et cette perspective me hantait. La justice a saisi la vidéo, mais j'ai pu en récupérer une copie, et plus tard quand j'avais un coup de blues, je retrouvais Léa sur mon écran d'ordinateur. Ce jour-là, j'ai appuyé sur l'application vidéo de mon iPhone, et Léa a fait la moue en murmurant :

« Arrête... »

Elle adorait minauder, se faire prier, résister. Et moi, j'aimais venir à bout de ses résistances :

« Non, je veux un souvenir.

— Arrête, je te dis ! Quelqu'un va entrer ! »

Il n'y avait aucun risque, on savait bien à l'avance quand quelqu'un arrivait. Elle ne voulait pas se laisser filmer, et en même temps elle avait du mal à garder son sérieux, elle a fini par se jeter sur moi pour m'arracher l'appareil des mains. J'ai reculé et continué. Sur le film de quinze secondes, elle fait le tour du bureau et m'attaque avec ses petits poings. Je proteste :

« Mais c'est qu'elle me bat ! »

Puis la vidéo s'arrête. J'en connais chaque image par cœur. Les images d'après aussi. On s'est enlacés, on s'est embrassés... On arrivait à être si heureux, si insouciants. De vrais gamins.

On ne s'est pas fait prendre, et pourtant le bruit courait dans la prison, quoique assez discrètement. Les subordonnés rapportent rarement à leur patron ce qu'on raconte à son sujet, surtout s'il s'agit de sa vie privée. C'est plutôt par Léa que remontaient des rumeurs diffuses, mais elle me racontait surtout le travail de sape de M. Il lui écrivait des messages que je lirais par la suite puisqu'ils seraient versés au dossier : « Cette relation te nuit. La surveillante X te regarde de travers. » Léa m'envoyait les réponses qu'elle lui faisait dans le quart d'heure suivant, et qui étaient d'un ton à faire fuir n'importe quel homme : « Maintenant, tu nous fiches la paix. Je me fous de l'avis des gens sur moi. Si tu continues ton jeu débile pour me séparer de l'homme que j'aime, mieux vaut que nous ne nous parlions plus ! Nos relations ne me semblent pas bien claires dans ta tête. » Zorro se laissait rembarrer comme un malpropre, se tenait à carreau pendant un petit moment, puis revenait doucement à la charge.

La perspective de notre séparation nous angoissait, mais paradoxalement elle avait aussi quelque chose de rassurant : elle couperait court à l'électricité ambiante, aux bruits qui grandissaient à mesure que nous prenions plus de risques. Juste avant son départ, nous n'hésitions plus à nous voir tous les jours. Léa balançait souvent entre l'envie de me voir et la peur de se faire prendre, mais elle semblait sereine :

« C'est bon, je pars bientôt, on a réussi à ne pas se faire attraper ! »

On était vraiment à mille lieues d'imaginer ce qui allait arriver.

Il y a eu un signe du destin, comme aurait dit Léa qui croit dur comme fer à ce genre de chose. Juste avant notre séparation, je l'ai filmée pour la seconde fois avec mon portable. C'est la dernière chose, et l'une des rares, qui me reste d'elle. Cette vidéo, je la connais aussi par cœur, puisque je l'ai regardée des centaines de fois.

Je lui dis :

« Fais-moi un sourire… »

Elle se fait prier, finit par sourire, et elle ajoute avec sa moue d'enfant un peu triste :

« D'accord, mais alors c'est le dernier. Après, y en aura plus. »

Elle ne croyait pas si bien dire.

Avant son départ, je lui ai donné une peluche en souvenir, pour lui tenir compagnie à Fresnes. Ce nounours fait partie des cadeaux que la justice me reproche d'avoir offerts à Léa. C'est un ourson brun de dix centimètres, qui a l'air rapiécé, avec des coutures partout, une sorte d'ourson réparé. C'était une bonne image de notre histoire, de toutes ces réparations que je souhaitais pour Léa, de toutes ces déchirures et cicatrices de l'homme que j'étais devenu. Je ne m'en suis rendu compte qu'après.

9

Les trois jours précédant notre séparation, je me suis efforcé de travailler comme si de rien n'était, mais j'étais rongé par l'inquiétude. J'ai été avisé de la visite du contrôleur général des lieux de privation de liberté, pour une semaine à compter du 25 octobre. Ça m'a retourné, parce que le 25 était une date capitale, le début du procès. Je serais donc à ce moment-là tout près de savoir si notre histoire avait une chance de survie. Si Léa était à nouveau condamnée à neuf ans, elle serait à quelques mois de sa libération, de notre amour possible. Si elle était condamnée à quinze ans…

Le contrôleur est chargé de vérifier le respect des détenus, la légalité des règles en vigueur, la dignité de la vie quotidienne et la bonne tenue de l'établissement en général. Il venait constater si les recommandations qui m'avaient été faites deux ans plus tôt avaient été suivies d'effet. Du moins était-ce la thèse officielle… Le directeur interrégional, mon patron, m'a appelé pour faire le point avant la visite du contrôleur. Je lui ai dit :

« Vous savez, j'ai la conscience plus que tranquille ! J'ai suivi toutes ses préconisations. »

On m'avait demandé, entre autres, d'équiper les cellules de petits réfrigérateurs et d'améliorer la cantine. J'avais fait mieux que tenir mes engagements, j'étais allé au-delà. J'étais loin d'imaginer la vraie raison de ce contrôle, que j'apprendrais bien plus tard, durant l'instruction. Il avait été déclenché par le courrier de deux détenues partageant la même cellule, l'une profondément caractérielle, rebelle à l'ordre, l'autre souffrant de graves problèmes psychiatriques. Tout le monde trouvait leur attitude insupportable, et j'avais fini par demander leur transfert à Fresnes quelques semaines plus tôt. L'une pour le calme de l'établissement, l'autre pour sa propre protection. Si je les avais traitées comme tout directeur de prison sans états d'âme, j'aurais eu la paix. Mater les récalcitrants est une méthode utilisée dans certains établissements, qui a le mérite d'être simple : le détenu est à la merci du traitement qu'on lui réserve. Il ne peut pas échapper aux sanctions, et sa révolte finit toujours par se retourner contre lui. C'est la loi du plus fort. Or ça n'a jamais été la mienne. Au lieu de sanctionner ces deux femmes, je leur ai laissé une chance de se racheter en les envoyant respirer un autre air. La première détenue connaissait tous les rouages du système et a eu l'idée d'écrire au contrôleur pour dénoncer le caractère soi-disant injuste de leur transfert. Elles ont été entendues, comme c'est la coutume, et ont prétendu qu'il existait des favorites. Ce sont elles qui, les premières, ont utilisé le terme. Elles ont dénoncé les horaires souples des filles travaillant au service général (cuisine et ménage), ceux de Léa mais aussi de bien d'autres, dont la propre sœur de la meneuse... C'est dire combien les jalousies qui sous-tendaient la plainte étaient fortes. Le contrôleur a alors transmis à la Direction interrégionale, qui a ordonné une inspection, mais mon patron s'est bien gardé de me préciser que cela faisait suite à l'audition de ces filles, sans doute parce que c'était la deuxième alerte. Peut-être se posait-il déjà des questions ? Il m'a bien dit avoir reçu une plainte concernant un transfert estimé abusif, mais sur ce sujet j'avais la conscience aussi tranquille qu'au sujet des infrastructures de la MAF : ces filles étaient si infernales que quelques jours à peine après leur arrivée à Fresnes, on les a collées au mitard ! C'est dire que mon jugement n'était en rien subjectif. J'étais épuisé, toutes ces considérations me laissaient de marbre. J'ai commenté :

« Que le contrôleur fasse son travail, très bien. En plus, j'ai posé un mois de congé que je dois prendre depuis un moment, donc il aura toute latitude.

— Un mois ? s'est étonné mon patron.

— Oui, j'ai des problèmes personnels en ce moment, j'ai besoin d'un peu de sérénité, et comme j'ai des congés à rattraper, ça me fera le plus grand bien. »

Après avoir raccroché, je me suis remis à penser à Léa, au moment où on se verrait, un œil sur mes SMS et l'autre sur ma montre.

J'ai vécu cette dernière quinzaine comme sur une autre planète, au travail comme à la maison. Je ne suis pas anxieux de nature mais quand quelque chose ne va pas, je ressasse, je deviens obsédé par ce qui me contrarie, mon cerveau tourne en boucle et cela n'échappe à personne. Je dormais peu, et mal. Léa et moi passions la moitié de la nuit à nous envoyer des SMS de vingt lignes, après avoir arrêté Facebook parce que ça lui coûtait plus cher. Ma compagne me considérait d'un œil de plus en plus soupçonneux, mais elle ne se serait jamais permis d'espionner mon téléphone ou mes mails, même si je le redoutais et veillais sur mes appareils. Je pense qu'elle se disait qu'un jour elle finirait par découvrir le pot aux roses. Elle avait raison, à un point qu'elle n'imaginait pas.

Léa devait partir pour Fresnes le lundi 18 octobre. La veille, elle est tombée malade, et a voulu me joindre. Il était tôt, mon portable personnel était sur silencieux. Elle était dans un tel état, elle aussi, qu'elle m'a appelé sur mon portable professionnel, celui que je n'éteignais jamais, dont elle connaissait le numéro depuis le jour où, surpris par une panne de batterie en pleine rue, je n'avais pu attendre une minute pour lui parler. Je lui avais bien dit que cette ligne n'était à utiliser qu'en cas d'extrême urgence, et elle n'y avait jamais eu recours. Quand j'ai vu son numéro s'afficher, je me suis enfermé dans mon bureau pour prendre l'appel. Ma compagne, qui guettait le faux pas mais ne trouvait jamais rien, a aperçu le numéro de Léa affiché sur mon portable personnel…

Depuis l'été, quand j'avais vraiment commencé à changer, elle était à bout de forces. Elle a aussitôt rappelé ce numéro depuis notre ligne fixe. J'étais au téléphone avec Léa quand le double appel est arrivé. Léa l'a pris en me disant : « Tiens, c'est bizarre, je ne sais pas qui c'est, ne quitte pas. » Deux ou trois personnes seulement connaissaient son numéro. Elle m'a mis en attente, j'étais perplexe mais pas inquiet du tout. Ma femme n'a pas haussé le ton. Rien ne filtrait depuis la pièce voisine. Ça a duré peut-être cinq minutes... Quand Léa m'a repris, sa voix était blanche, complètement éteinte. Elle a soufflé :

« Je viens d'avoir ta femme au téléphone. »

J'ai aussitôt répondu :

« OK, je te rappelle. »

Je suis sorti dans la rue pour rappeler Léa, et ma compagne m'a regardé passer dans le couloir sans dire un mot. Elle avait tout compris. Je n'ai rien trouvé à dire. Bizarrement, j'étais davantage paniqué par l'effet que pouvait avoir son appel sur Léa que par sa souffrance, tout simplement parce que j'étais incapable de la calmer alors que je pensais à Léa à chaque moment du jour et de la nuit. Elle allait partir, nous ne pourrions plus communiquer, je ne pourrais plus rien réparer. J'étais de toute façon, et depuis des mois, possédé dans tous les sens du terme. J'ai su ce qu'elles s'étaient dit, par la bouche de l'une, puis de l'autre, ainsi que par les procès-verbaux de la police, à qui elles ont confié cette conversation. Les deux versions différaient un peu mais se rejoignaient sur l'essentiel. Ma compagne lui a asséné :

« Maintenant, vous le laissez tranquille ! On a une famille ! Une petite fille de huit ans ! Vous cherchez quoi, à nous détruire ? »

Je sais que ma compagne était hors d'elle, mais elle a soigneusement évité de me dire qu'elle avait insulté Léa, avec les mots que l'on imagine, en frappant sans le savoir là où ça faisait mal, ce que me raconterait ensuite Léa, brisée. L'évocation de notre couple tranquille et de notre enfant avait touché sa fibre de petite fille, elle qui rêvait tant d'une « petite famille » comme la mienne, elle qui avait tant rêvé d'un papa exemplaire, fiable, quelqu'un comme moi… L'idée de détruire lui était tout aussi insupportable, après le drame auquel elle avait été mêlée. Au fur et à mesure que Léa me parlait, au bord des larmes, je me tassais, adossé à un mur, à quelques pas de chez moi. J'ai fini par m'asseoir sur une marche, en boule. Léa m'a annoncé catégoriquement :

« Maintenant, on arrête. Et cette fois, on arrête vraiment. J'ai promis. C'est horrible le mal que je fais. Je te demande de m'oublier. Retourne à ta vie ! Ta femme t'aime ! »

Elle a raccroché, en me disant :

« Adieu, surtout ne me rappelle jamais ! »

J'ai rappelé, une fois, dix fois. Elle avait coupé son téléphone. J'en étais malade. Etant donné mon état, et l'état dans lequel devait être Léa, il était hors de question de foncer à la prison pour éclaircir la situation, plaider ma cause, dialoguer. J'avais toujours été persuadé que la façon dont nous nous quitterions le jour de son départ conditionnerait la façon dont nous nous retrouverions. Je savais qu'à compter du lendemain, je n'aurais plus les moyens d'agir.

Je suis remonté chez moi complètement abattu, pour subir, bien sûr, un feu roulant de questions, puis d'injures, le tout accompagné de larmes et de cris, une scène que je préfère ne pas détailler. Ce face à face à couteaux tirés a été le premier d'une longue série qui se sont déroulés entre ce 17 octobre et le 10 janvier, jour où j'ai été placé en garde à vue et ma compagne entendue par la police. Si ces scènes n'ont pas été plus nombreuses, c'est parce que ma compagne est une femme formidable, réfléchie par nature. Elle a toujours pris sur elle, comprenant que je ne maîtrisais rien de ce qui m'arrivait. Je lui ai expliqué l'étrange possession dont j'étais victime, répété que je n'avais rien contre elle, bien au contraire, que je ne préférais pas l'une à l'autre mais vivais deux amours parallèles, l'un qui était une histoire de quinze ans et avait conduit à la formation d'une famille, l'autre qui n'avait que quelques mois d'existence et suscitait des espoirs fous. Elle espérait que les choses s'arrangeraient.

Dès ce premier jour, je lui ai confié que j'éprouvais des sentiments dévastateurs, que le premier déchiré, c'était moi, même si c'est facile à dire. Je n'ai parlé que de cœur et pas de corps, tout simplement parce que les actes avaient été très rares, et que le désir physique entrait finalement peu en ligne de compte dans l'amour qui me liait à Léa. Je ne dis pas qu'elle ne m'attirait pas, mais c'était secondaire. Heureusement pour nous, qui avons été contraints durant un an de ne nous approcher que très brièvement. Ma compagne n'imaginait même pas qu'il avait pu se passer quelque chose de charnel entre Léa et moi. Elle peinait déjà à comprendre comment j'avais pu instaurer une relation avec une détenue, compte tenu des barrières physiques et de l'interdit déontologique.

Je ne lui ai jamais raconté ce qui s'était passé, et dans quelles conditions. Malgré le caractère insupportable des crises qui ont ponctué les semaines suivantes, qui se prolongeaient tard dans la nuit, je pense que nous nous sommes moins déchirés que la plupart des couples. Nous n'avons jamais rien dit d'irréparable. Nous avions à cœur l'un comme l'autre de ne pas nous faire trop de mal, comme des gens qui, au fond, s'aiment encore. Après nous être blessés, parce que j'essayais de faire valoir mon droit d'aimer Léa, ou plutôt mon incapacité à ne pas l'aimer, et parce qu'elle tentait de me faire regarder en face le mal que je lui faisais, nous avons su nous pardonner réciproquement, autant pour nous que pour notre fille. Bien sûr, avec le temps sa patience s'est émoussée, mais elle ne m'a jamais fait vivre un enfer. L'enfer, je le vivais déjà intérieurement. Je crois qu'elle le savait.

L'après-midi, j'ai regardé les heures défiler en tournant en rond dans notre appartement. Je ne sais plus ce que j'ai fait, ce que nous avons fait. Je crois que nous sommes allés au parc avec notre fille, en feignant l'apaisement, mais j'étais ailleurs. Le soir, j'ai enfin réussi à avoir Léa au téléphone, mais elle restait sur sa position : « On arrête ! » J'étais effondré.

Le lundi tant redouté est arrivé : Léa devait partir vers quatorze heures. Elle avait fait ses cartons la veille, et ses affaires l'attendaient au vestiaire, prêtes à être convoyées à Fresnes par le chauffeur de la maison d'arrêt de Versailles. J'ai dû arriver vers neuf heures et demie, passer trois minutes dans mon bureau, j'ai peut-être allumé machinalement l'ordinateur et soulevé trois feuilles dont je n'ai pas déchiffré un mot, avant de décrocher mon téléphone pour convoquer Léa dans le petit salon de coiffure du deuxième étage. Désormais, je me fichais complètement du qu'en-dira-t-on. Alors que je montais l'escalier pour la rejoindre, ma compagne m'a appelé sur mon portable, à bout de nerfs, en larmes. Elle criait presque :

« Maintenant tu lui dis, tu lui dis de nous foutre la paix ! Qu'est-ce qu'elle me veut ? ! J'en peux plus, dis-lui que j'en peux plus ! »

J'avais du mal à comprendre ce qu'elle me disait dans sa fureur. Je lui ai demandé :

« Mais Léa t'a appelée ?

— Oui, elle a eu le culot de m'appeler, cette... cette... ! »

J'ai essayé de la calmer. Léa arrivait. Je ne savais plus quoi dire, quoi penser, où j'en étais, avec qui.

« Mais pour te dire quoi ? Calme-toi, explique-moi... »

Les mots de ma compagne étaient incompréhensibles. J'ai mis fin à la conversation en disant que nous parlerions le soir. J'avais une obsession, une urgence : gagner à nouveau le cœur de Léa. J'avais une demi-heure au plus pour le faire, entre deux portes, en chuchotant, comme d'habitude. J'ai pris sa main, elle l'a retirée. Elle se mordait la lèvre, les yeux plus noirs que jamais, vissés au sol, et quand elle levait le regard, on y lisait une telle détermination que j'ai cru que je ne parviendrais jamais à renverser la situation. Je l'ai pressée de me raconter ce qu'elle avait dit à ma compagne. Elle a balbutié :

« Je lui ai demandé si votre histoire aurait une chance de marcher, si je m'effaçais.

— Et elle a répondu quoi ?

— Elle a répondu oui ! Que ça marcherait ! Que ça aurait toujours marché si je n'étais pas venue tout casser ! Tout salir ! »

Elle était au bord des larmes.

« Et après ?

— Je lui ai dit d'accord, soyez heureux ! Et j'ai raccroché. Parce que c'est vrai, je veux que vous soyez heureux ! »

J'avais l'impression d'être un pantin entre deux femmes, chacune me tirant vers elle par un bras, quitte à me déchirer.

« Et moi, on me demande mon avis ? Je n'ai pas mon mot à dire ? »

Je me suis calmé. Léa était à cran, elle aussi. Elle partait, et pas en vacances, elle allait vivre une épreuve terrible, la fin de quatre ans et demi de détention provisoire, puis d'un an de suspense à cause de l'appel. Je ne pouvais pas m'en prendre à elle. J'ai réussi à la serrer dans mes bras après de longues négociations, mais elle était brisée et l'endroit n'était pas sûr. Je lui ai arraché un baiser, mais furtif, contrarié. C'était fini... J'ai essayé de m'accrocher à l'idée que notre amour était si fort que dans deux mois nos regards se croiseraient et notre histoire reprendrait, comme d'habitude. Je l'ai regardée partir vers sa cellule, elle s'est brièvement retournée. Son dernier regard me disait « au revoir », et aussi « je t'aime ». J'étais conscient que je devrais me nourrir de ça pendant les deux mois suivants. Je savais que ce serait difficile, mais j'étais loin d'imaginer que ma vie basculerait sur ce dernier regard. Lorsque nous nous reverrions, ce serait de loin, le jour de son procès, elle serait sur le banc des accusés, puis le 10 janvier 2011, au commissariat, chacun dans sa cage, les menottes aux poignets. Je suis rentré déjeuner chez moi, surtout pour ne pas être là lors de la levée d'écrou. Je lui ai parlé pour la dernière fois au téléphone à treize heures quinze. J'ai récupéré son appareil le lendemain via une de ses codétenues, car je ne souhaitais pas qu'il reste dans l'établissement. Quand je l'ai allumé, un cœur s'est affiché, avec l'inscription « je t'aime ». J'ai écarquillé les yeux, fasciné, bouleversé, et heureux.

10

Une autre vie commençait, une vie atrocement douloureuse. Je le savais si bien que j'avais décidé de prendre un mois de vacances dès le lendemain. Je n'aurais jamais eu le cœur de me rendre chaque matin comme avant à la MAF. J'ai dû y retourner dans les semaines qui ont suivi, pour boire un café avec des collègues, mais c'était douloureux de me retrouver dans ces lieux. Avec Léa, j'étais devenu un être davantage virtuel que réel, menant une vie plus intense sur l'ordinateur que physiquement au quotidien, mais malgré tout, je respirais le même air qu'elle, je vivais entre les mêmes murs, je la savais près de moi. J'avais l'impression qu'elle avait emporté une partie de moi. Je me débattais dans une solitude insondable, bien loin du dialogue ininterrompu qui m'avait nourri si intensément pendant un an, jour et nuit.

Au cours des trois semaines suivantes, « Fabien Sanchez » a dû écrire quinze lettres à Léa. Quinze envoyées, car je ne sais pas combien j'en ai écrit ! Chaque matin, je commençais la journée en lui parlant, penché sur ma feuille de papier sitôt le café avalé. J'avais besoin de ce lien quotidien. Je n'avais pas assez de mots pour lui dire que je l'aimais et que je ne voulais pas la perdre. Je souffrais. Chaque matin aussi, j'allais au bout de ma rue relever la boîte aux lettres de Fabien Sanchez. La plupart du temps pour rien. J'ai dû recevoir trois lettres, et elles n'étaient pas susceptibles de me rendre heureux. Elle m'aimait, elle le répétait, mais elle voulait arrêter. La première m'est parvenue trois jours après la conversation avec ma compagne : « Tu es l'homme de ma vie, mais je n'en peux plus et j'ai promis. Je t'aime mais je ne peux plus supporter cette situation, j'ai besoin de toutes mes forces pour affronter l'épreuve qui m'attend. » Je la comprenais, mais je la suppliais de revenir sur sa décision. Je lui disais que mon soutien lui serait plus que jamais précieux. Son éloignement, physique et psychique, m'était insupportable.

Le 25 était aussi le jour où commençait l'inspection du contrôleur des lieux de privation de liberté. Je ne sais pas si j'y ai pensé plus d'une minute. C'est pourtant ce contrôle qui a été le premier pas du processus devant me conduire à ma perte. Mais il a fallu un certain nombre de hasards malheureux pour me faire tomber. Le contrôleur s'est retrouvé face à une rumeur diffuse, alimentée par M., un orfèvre en la matière. Tout en m'assurant par téléphone de ses bons sentiments, ce dernier confiait au contrôleur général :

« C'est sûr que ses relations avec les détenues ne sont pas claires... Léa B., notamment, de l'affaire Fofana, actuellement en procès, il l'aimait plus que bien... »

De la part d'un homme qui serait présent lors de l'ouverture du procès, qui la même semaine écrivait à Léa des lettres signées Zorro, c'était culotté. C'est lui que le directeur interrégional appellerait pour en savoir plus. Il en rajouterait, tout en rassurant Léa (« Je suis ton plus fidèle soutien ») et sa mère (« Je ne vous ferai jamais défaut »). Lorsque je l'ai su, j'ai réalisé à quel point son attitude avait été autodestructrice, car si je plongeais, il plongerait avec moi. En alimentant largement le rapport du contrôleur, il a provoqué une enquête judiciaire poussée, qui nous démasquerait l'un et l'autre. Une fois impliqué dans l'histoire, il chercherait à se dédouaner :

« Si je suis entré dans cette histoire, c'est pour recueillir des éléments matériels contre eux. Ils m'ont fait chanter ! »

Zorro, doublé de Sherlock, et en plus victime d'un couple maléfique… Mais la police ferait bien son travail sur ce point : le contenu des mails et des courriers lèverait toute ambiguïté. M. s'était attaché à Léa et me vouait une haine féroce. Peut-être s'imaginait-il qu'une fois qu'il m'aurait évincé, il se retrouverait seul avec Léa à Versailles et gagnerait son cœur…

Durant cette semaine d'inspection, le reste du personnel a également livré ses impressions, mais rien n'avait de consistance. Les détenues et les surveillants ont dit tout et n'importe quoi : que j'avais accompagné Léa jusqu'au fourgon le dernier jour, que j'avais payé son gâteau d'anniversaire avec le budget de l'établissement, que j'étais arrivé à huit heures du matin le jour de son transfert (accusation fausse comme le reste mais celle-là facile à démontrer : les registres d'entrées et de sorties sont scrupuleusement tenus). Certes, la vérité était encore plus grave, mais les preuves étaient inexistantes. Le rapport d'inspection était une succession de témoignages du style : « Il paraît qu'il s'est passé ceci. Moi, je ne l'ai pas vu, mais X a vu. » X, consulté, disait « : « Moi, personnellement, je n'y étais pas, mais Y, en revanche », et ainsi de suite. Sur la base de ces seules allégations, il ne me serait probablement rien arrivé. Le 8 novembre, à la suite de sa visite, le contrôleur informait la Direction interrégionale qu'il avait constaté un certain nombre de dysfonctionnements uniquement relationnels, et lui laissait le choix de poursuivre l'enquête, tout en ajoutant que « des solutions rapides et discrètes pour y porter remède étaient communes dans la pratique ». Mais il disait aussi : « La principale organisation professionnelle demande à être auditionnée », et sans cela je m'en serais probablement sorti avec des remontrances officieuses et des recommandations pour l'avenir, comme cela se fait « dans la pratique ». Or la principale organisation professionnelle, c'était M., qui se montrerait prolixe auprès de mon patron.

Pendant que tout cela se tramait, je me débattais avec mes sentiments, sans réaliser que mon avenir était en jeu. Je ne vivais que par et pour Léa, son avenir à elle qui allait se dessiner dans les deux mois à venir, et aussi l'avenir de notre histoire : comment pourrions-nous préserver notre amour si elle était condamnée à quinze ans ?

Au départ, j'avais envisagé de me rendre de temps en temps au procès, sous un prétexte quelconque lié à ma fonction qui m'aurait permis de passer outre au huis clos. Mais j'ai préféré y renoncer. La première audience étant ouverte au public, je m'y suis rendu et j'ai pu entrer dans la salle de la cour d'assises de Créteil, vers dix heures. Je n'oublierai jamais ces images... Elles m'ont heurté, meurtri, marqué à vie : c'est terrible de voir la femme qu'on aime dans un box aux parois vitrées, aux côtés d'une douzaine de voyous. Bien sûr, je savais, mais entre savoir et voir, il y a une marge. J'éprouvais une peine infinie, une profonde compassion. Je me répétais : « Mais quel mauvais coup du sort, quel mauvais démon a plongé cette jeune fille à peine sortie de l'adolescence dans une histoire pareille, avec des gens pareils ?... » Je ne quittais pas Léa des yeux, j'ai réussi à lui faire un petit signe, mais elle ne me jetait que de rapides coups d'œil de temps à autre, et restait concentrée sur ce qui se passait, visiblement impressionnée. Elle m'a juste adressé l'ombre d'un sourire, des regards tendres et embarrassés à la fois. Je pense qu'être vue par moi dans cette posture était difficile pour elle. Son affaire, nous en parlions le plus rarement possible, de façon désincarnée, elle s'en protégeait comme elle m'en protégeait. Là, même si le premier jour il n'était question que de désigner les jurés et de régler le déroulement des débats à venir, on était dans le vif du sujet, tout près de l'horreur, bien loin de notre tendre amour. J'ai quitté le tribunal vers treize heures, juste avant l'arrivée de M., dont je n'étais pas au courant. J'ai pris un café avec la mère de Léa. J'étais très éprouvé, incapable d'avaler quoi que ce soit. Je suis rentré chez moi à treize heures trente, et la longue attente a commencé, loin de Léa, dans l'impossibilité de l'aider alors que je savais combien elle souffrait.

J'appelais souvent sa mère, je lui demandais de répéter à Léa combien je l'aimais, mais celle-ci n'avait guère la tête à notre amour. J'étais exigeant parce que malheureux, exsangue, vidé de ma sève. Ma situation à la MAF ne me préoccupait pas, la peur ne m'effleurait même pas, au point que lorsque sa mère m'a fait part d'une sombre prémonition de Léa, je suis resté de marbre.

« Léa a fait un cauchemar cette nuit, elle était vraiment chamboulée. Elle a rêvé que vous vous faisiez attraper, qu'il y avait la police, la garde à vue, que vous aviez les menottes tous les deux, etc.

— Tout ça est loin maintenant, ai-je répondu. Il n'y a plus aucun risque. »

Sans doute était-ce le traumatisme de sa propre histoire qui lui revenait en mémoire à l'occasion de ce procès. Le cauchemar de sa vie. Je n'imaginais pas une seconde qu'elle décrivait le destin qui nous attendait.

Quelques jours plus tard, le 4 novembre, je me suis rendu chez sa mère pour lui remettre trois cents euros en liquide. Je voulais que Léa ait un petit pécule alors que, prise par le procès du matin au soir, elle était privée de toute activité rémunératrice. Sa mère n'avait pas les moyens de l'aider et le geste me semblait naturel. Cette femme ne demandait ni ne refusait rien, ne jugeait rien, mais se laissait faire par ceux qui l'entouraient. Je suis passé chez elle sur un coup de tête, vers vingt-deux heures, après l'avoir prévenue par téléphone. En arrivant, j'ai failli exploser : sur le canapé, installé non loin des reliefs d'un dîner qui venait visiblement de s'achever, se trouvait M. Je n'en revenais pas. J'ignorais qu'il avait noué des liens avec la mère de Léa. Qu'il l'appelle, c'était une idée déjà insupportable, mais qu'il s'impose dans le cercle familial, c'était le comble. Ce type était comme la poussière : il se faufilait par le moindre interstice. J'ai pris sur moi pour ne pas exploser, mais je ne pense pas l'avoir salué ni même regardé en l'espace d'une heure. Heureusement, des voisins sont arrivés peu après pour prendre une infusion et manger des gâteaux, ce qui a permis de dissiper un peu le malaise. La mère de Léa a accueilli tout le monde très généreusement, sans distinction. Elle aurait offert le couvert au diable s'il avait sonné ! Ce jour-là, il était difficile de parler de Léa autrement que sur le ton de la conversation ordinaire, alors j'ai fini par rentrer chez moi, tellement furieuse que j'ai aussitôt écrit à Léa que ce n'était plus tolérable, qu'un jour ce type nous nuirait : « Je vais chez qui tu sais… et qui je trouve sur le canapé ? Le parasite ! » Cette lettre, envoyée le 6 ou le 7, fut la dernière. J'attendais encore sa réponse quand, le 10, j'ai été appelé de bon matin par l'Inspection des services pénitentiaires. Deux heures plus tard, j'avais rendez-vous dans le bureau du directeur interrégional, à Fresnes. Près de là où se trouvait Léa. C'est à ça que j'ai pensé. Je n'avais pas peur.

L'Inspection des services s'occupe des dysfonctionnements constatés dans les établissements pénitentiaires. Je suis arrivé dans un grand bureau moderne, et je me suis trouvé face à trois anciens magistrats qui jouaient les gros bras : « On a bien travaillé le dossier, on a tous les éléments. » Parmi les éléments, certains prouvaient effectivement que j'avais entretenu une relation privilégiée avec Nolwenn, Johanna et plus encore Léa B., mais privilégiée au sens de « plus étroite », et non « source de privilèges ». La plupart des reproches étaient faux : je pouvais nier en toute bonne foi le gâteau payé sur le budget de la MAF, tout comme la correspondance signée « Zorro »... J'ai eu du mal à garder mon sang-froid en obtenant la confirmation de sa correspondance avec Léa et en constatant la stupidité dont il avait fait preuve en écrivant notamment : « Grâce à ma carte professionnelle, j'ai pensé que je pourrais me rendre au procès » ! J'ai nié toute relation intime, accusation qui ne reposait que sur des rumeurs. En revanche, j'ai reconnu tout ce qui était indéniable et exact : je m'étais bien rendu à l'ouverture du procès – j'y avais été vu –, j'avais noué des relations avec la mère de Léa et, bien sûr, je nourrissais une certaine affection pour cette détenue dont l'histoire me touchait sans doute plus que celle d'une autre. On m'a demandé si je savais qui était Zorro, j'ai répondu que non – je n'aime pas la délation, et nos intérêts étaient liés –, si je savais que Léa était surnommée dans les coursives « madame la directrice », et j'ai répondu non, en toute sincérité, mais en réprimant une grimace. Je me suis dit qu'elle avait dû jouer de notre proximité pour se faire valoir, au moins un peu. Après une heure d'un véritable interrogatoire de police, j'ai eu droit à un changement d'attitude comme dans les films. Le ton est subitement devenu plus amical et compréhensif : « Le mieux, puisqu'on sait tout, ce serait de nous dire la vérité. Vous avez été manipulé par l'appât du gang des barbares, c'est une faute mais cela aurait pu arriver à n'importe qui vu le machiavélisme de l'intéressée. On est là pour vous protéger. Confiez-vous à nous, il vaut mieux que cette histoire reste dans la pénitentiaire, c'est mieux pour tout le monde. » J'ai décliné l'offre. Je n'allais pas salir notre histoire pour sauver ma peau, pour laquelle d'ailleurs je n'avais pas beaucoup de craintes. En sortant, j'étais secoué mais je m'imaginais déjà ce qui allait se passer : je ne serais pas réintégré à la MAF de Versailles. Je serais muté. Je recevrais sans doute aussi un courrier me mettant en garde à l'avenir contre toute familiarité avec les détenus. Point final.

De retour chez moi, j'ai pris les devants. Pour commencer, j'ai aussitôt rédigé une demande de mutation. De toute façon, même si je restais, les services pénitentiaires ne laisseraient jamais Léa réintégrer l'établissement dont j'étais le directeur. J'ai aussi posé un autre mois de congés qui me restaient à prendre. Et, pour finir, j'ai appelé la mère de Léa pour lui demander de la prévenir d'une suspension de mes lettres, par prudence, au cas où le courrier continuerait à être pisté, en lui expliquant que cela n'avait rien à voir avec notre relation. Je lui ai aussi demandé de dire à Léa de détruire mes lettres. J'ai également prévenu M., dont j'ignorais encore qu'il était à l'origine de tout cela. Le mettre en garde, c'était aussi me protéger.

Le 23 novembre, la mère de Léa m'a fait parvenir par mail une lettre de sa fille qu'elle avait scannée. C'était une lettre de rupture en bonne et due forme. Elle me recommandait ce qu'elle m'avait maintes fois répété à Versailles : d'aller retrouver ma petite famille. Elle disait qu'elle n'avait pas la force, qu'elle ne savait pas se laisser aimer. Elle disait aussi que j'étais « l'homme de sa vie », suivi de toutes sortes de « mais ». Je me suis demandé : « Peut-on cesser d'aimer l'homme de sa vie ? », mais j'ai pensé que c'était bel et bien fini ou, plutôt, j'ai choisi cette option dans ma tête. Bien sûr, j'avais envie de crier, de hurler, de pleurer, d'écrire, mais... moi non plus, je n'avais plus la force ! J'étais épuisé. J'ai profité de cette rupture, de toute façon imposée par les faits, pour m'occuper de ma fille, essayer sinon d'oublier du moins de faire une parenthèse. Ma compagne était éprouvée par mon état quasi dépressif, inquiète à cause de l'enquête dont j'avais été obligé de lui parler. Ce contrôle n'avait rien à voir avec nos tensions conjugales, mais les nuages qui assombrissaient mon horizon professionnel ne faisaient rien pour détendre l'atmosphère à la maison. J'avais l'impression d'être dans une de ces périodes où rien ne va. J'attendais que l'orage passe. A un mois des fêtes de Noël, alors que je savais que je ne reprendrais pas le travail avant le 5 janvier, je profitais du temps libre pour me reconstruire. Je n'appelais plus la mère de Léa. Je voulais reprendre le cours de ma vie là où je l'avais laissé, et surtout me reposer.

Le 25 novembre, sans que j'en sache rien, la Direction interrégionale des services pénitentiaires décidait de porter l'affaire à la connaissance du procureur afin qu'il diligente une enquête judiciaire. J'étais à mille lieues d'imaginer que des moyens dignes de la lutte contre le grand banditisme allaient être déployés par le SRPJ de Versailles, un département d'élite. Encore aujourd'hui, je suis sidéré que les plus grands flics de France aient été occupés par mon cas : après tout, il ne s'agissait que d'une histoire d'amour, fût-elle interdite. Sans victime. Sans butin. Les différents opérateurs téléphoniques ont reçu des requêtes de relevés détaillés concernant de nombreuses lignes appartenant à des gens en rapport avec l'affaire : la mère de Léa, M., une surveillante qui prenait de temps en temps des nouvelles de Léa, Djibril, un de ses copains, et surtout moi-même. En théorie, ce n'était pas grave, puisque je n'appelais plus personne. Je faisais le mort. J'aurais dû, encore une fois, échapper au piège.

Le jugement devait être rendu le 17 décembre. J'avais bien entendu l'œil rivé sur la télé, l'oreille collée à la radio, l'ordinateur ouvert sur un site d'actualité. Jusque-là, le peu qui avait filtré ne mentionnait pas particulièrement Léa. Son visage n'était apparu nulle part, sinon flouté puisqu'elle était mineure au moment des faits, comme la première fois. Je tournais en rond chez moi lorsque, contre toute attente, à seize heures, j'ai reçu un SMS de la mère de Léa : « Jugement à dix-huit heures. Léa voudrait que vous soyez là. » Je devais aller chercher ma fille à l'école, et je n'avais aucun moyen de m'organiser pour me rendre à temps de Versailles à Créteil, d'autant qu'il y avait une vingtaine de centimètres de neige et que la circulation était très difficile en région parisienne. Pour la première fois depuis des semaines, j'ai appelé la mère de Léa pour lui expliquer. Mais nous étions sur écoute... Et c'est ainsi que la police a eu la preuve de notre liaison.

« Ecoutez... dites à Léa que je serais bien venu... en d'autres circonstances. Un peu prévenu à l'avance. Et puis elle m'a fait la lettre de rupture que vous savez puisque vous me l'avez scannée, alors elle veut quoi exactement ?

— Je sais... » a soupiré sa mère, qui n'avait plus d'avis sur la question.

A dix-huit heures, ne supportant plus l'attente, je l'ai rappelée. Elle m'a répondu :

« Tout le monde attend. On ne sait pas. Le jugement ne tombe pas. »

A dix-huit heures trente, j'ai encore rappelé. Le jugement venait de tomber : neuf ans. Neuf ans, comme la première fois ! J'ai été heureux de constater l'impartialité des juges, dont je redoutais le zèle. Malgré l'appel du parquet, motivé en partie par une volonté d'exemplarité des peines, ils n'avaient pas accablé Léa. J'avais vraiment craint qu'elle ne prenne quinze ans, avec un peu de chance dix ou onze. D'autres coaccusés avaient vu leur peine alourdie, mais ils étaient majeurs au moment des faits, ils y avaient participé concrètement, enfin ils n'avaient pas bénéficié des circonstances atténuantes qu'avait Léa, et que la justice a reconnues.

Ce verdict représentait aussi l'espoir de voir renaître notre histoire d'amour en dehors des murs, un jour très proche. Sans l'appel, nous aurions déjà pu goûter ensemble aux joies de la liberté, discrètement bien sûr, mais enfin sans redouter d'être surpris à chaque instant. Cette peine signifiait que nous allions enfin nous retrouver dans la réalité, avant trois mois sans doute, le temps que les dossiers administratifs suivent leur cours, et à condition que Léa atteste d'une promesse d'embauche pour sa sortie.

J'avais maintes fois répété à sa mère qu'elle pouvait compter sur moi pour l'aider à trouver un emploi. Avant et pendant le procès, j'avais fait toutes sortes d'estimations pour prédire la date probable de sa libération, en tenant compte de toutes les peines possibles, toutes plus lourdes que ces fameux neuf ans. Je me demandais alors combien de temps une jeune femme pouvait continuer à aimer « l'homme de sa vie » sans le voir. Car j'étais sûr et certain d'une chose : jamais l'administration ne tolérerait que nous soyons dans le même établissement. Quand la mère de Léa m'a annoncé au téléphone : « Elle réintègre Versailles dans quelques jours », j'ai tenté de lui expliquer que c'était impossible. Ou bien c'est moi qui allais recevoir une mutation ou un « avis de congé ». En réalité, ce fut l'un et l'autre.

Le 21 décembre, Léa, qui ignorait à peu près tout des ennuis administratifs dans lesquels je me débattais, a effectivement réintégré Versailles. Ce jour prévu pour son arrivée dans les murs, je me suis tenu loin de la prison. Mais Léa est restée en tout et pour tout deux heures à Versailles, dans la cour, sans même franchir les formalités de l'écrou. On m'a raconté la scène. Léa a été extraite du fourgon et conduite en salle d'attente. Mais le temps passait... Il y avait un problème, qu'on ne lui a pas expliqué. Le procureur avait bien demandé le retour en détention dans l'établissement d'origine, sans doute mécaniquement. Mais le directeur interrégional ne l'entendait pas de cette oreille et a ordonné son retour à Fresnes dès qu'il en a été informé. Il paraît que Léa a éclaté en sanglots en apprenant qu'elle faisait demi-tour. Elle est repartie dans son fourgon, comme elle était venue.

Les vacances de Noël approchaient, et la très relative accalmie avec ma compagne a pris fin. Elle m'a vu devenir fou, sans comprendre. Je voulais savoir ce que Léa avait dans la tête, or sa mère était partie en Iran. Je passais mon temps à essayer d'avoir de ses nouvelles, à tenter de retrouver d'anciennes codétenues. J'ai fini par localiser Johanna, qui était restée en relation avec Léa depuis son départ de Versailles en avril et lui rendait occasionnellement visite. Je lui ai fait passer le message :

« Dis-lui que je l'aime. T'oublies pas, hein… »

Elle m'a rapporté cette réponse, une phrase qui resterait gravée dans ma mémoire :

« Elle dit qu'elle aussi, elle vous aime. Mais que tous les deux, vous devez vous revoir pour faire le point. Que vous n'êtes pas partis sur des bonnes bases. »

J'ai repris espoir. Chaque fois que Johanna voyait Léa à Fresnes, je lui confiais un message, j'attendais le jour J le cœur battant, j'attendais l'heure H dans tous mes états, mais quand je l'appelais à la sortie du parloir, elle me lâchait un peu trop souvent : « Ah merde, j'ai oublié ! » D'autres fois, elle ne me prévenait pas qu'elle avait annulé le parloir, et me disait : « Ouais, finalement, je suis allée faire des courses ! » C'était épuisant. Les relations avec Johanna se sont vite tendues à cause de sa désinvolture. Je me fâchais quand elle ne faisait pas la commission. Elle me reprochait de l'utiliser. Je comprenais son point de vue, mais elle ne comprenait pas le mien. La manière cavalière dont elle traitait la chose la plus importante de ma vie m'a fait préférer la certitude du vide au risque du désarroi. J'ai cessé de compter sur elle pour me protéger de la déception, de la vie pleine de hauts et de bas qui me rongeait depuis des mois. Ma compagne faisait preuve d'une patience d'ange, mais mes aveux d'impuissance étaient souvent suivis de crises :

« Je ne peux pas lutter. Je suis amoureux. C'est plus fort que moi...

— Très bien, m'a-t-elle annoncé un beau soir, alors moi, j'envisage de prendre l'air. »

Je ne sais même pas ce que j'ai répondu. Je n'ai pas cherché à la retenir. Je n'étais plus bon à rien, ni comme compagnon, ni comme père. L'éloignement me semblait bénéfique pour tout le monde. De toute façon, rien ne serait pire que le maintien de la situation actuelle. Le repas de réveillon s'est bien passé, parce que nous avons tous les deux fait de gros efforts, surtout pour notre fille. Nous étions ensemble tous les trois, mais rien n'était plus comme avant. Pourtant, ma compagne a semblé différer sa décision de prendre le large, tout en faisant quelques cartons. Je ne disais rien, ne pensais rien, j'étais K.-O. debout.

Le 29 décembre, l'administration pénitentiaire me faisait parvenir un courrier annonçant que j'étais suspendu de mes fonctions « à titre conservatoire », sans donner de raison. Sans doute était-ce une conséquence de l'enquête administrative me concernant, des dénonciations de favoritisme, du rapport du contrôleur général des lieux de privation de liberté et de ma convocation à Fresnes, mais je n'y ai rien vu d'inquiétant. Si j'avais redouté une véritable enquête judiciaire, j'aurais effacé les preuves qui se trouvaient dans mon ordinateur, dans mes tiroirs. J'ignorais que mon sort était scellé depuis les appels à Johanna, tous écoutés et consignés, eux aussi. Ma compagne était plus perspicace : « C'est à cause de cette histoire. Quand tu seras dans la merde, tu te souviendras de ce que je t'ai dit ! » J'attribuais ses propos à la jalousie. J'aurais le temps d'y repenser...

Le lundi 10 janvier 2011, jour où je devais reprendre mon travail, le directeur interrégional des services pénitentiaires m'a appelé de bon matin et m'a dit :

« Bonjour, monsieur Gonçalves, dites-moi... Il faut que je vous voie ce matin dans votre bureau...

— Très bien, monsieur le directeur. Puis-je savoir pourquoi ?

— Je voudrais vous exposer les griefs qui vous ont valu ces jours de mise à pied. »

Je lui ai dit qu'il pouvait venir quand il voulait. J'ai fini de me préparer. J'ai embrassé ma fille qui partait à l'école, ma compagne, et j'ai enfourché mon scooter, comme d'habitude. Je ne suis pas passé relever la boîte de Fabien Sanchez, parce que j'étais tendu et aussi parce que j'en avais assez de cette boîte où trop souvent rien ne m'attendait. J'avais de vagues soupçons sur les reproches qui me seraient adressés, ou plutôt, des inquiétudes, mais elles me semblaient déplacées, plus d'actualité : je n'avais pas vu Léa depuis trois mois et l'enquête administrative n'avait rien donné.

A neuf heures précises, le directeur est arrivé. Il est entré dans mon bureau sans dossier, ni serviette, ni document, les mains vides. J'étais étonné, mais je n'ai pas senti le danger, je n'ai rien vu venir. J'attendais plutôt une libération, la fin d'un mystère. De toute évidence il était mal à l'aise, évitait mon regard, ne se décidait pas à parler. Il m'a réclamé un café, mais s'est contenté de fixer la tasse, sans boire. Il regardait le plafond, toujours sans dire un mot : je l'entendais presque respirer. Finalement, il s'est lancé, mais quelque chose sonnait faux dans ses « Comment ça va ? » et autres banalités qui ne demandaient pas de réponse. On n'a pas parlé de la météo mais presque. Et puis, d'un coup, l'histoire, le temps, mon destin, tout s'est emballé.

Quatre policiers en civil ont fait irruption, sans se présenter mais ce n'était pas nécessaire. Le directeur a tourné les talons sans dire un mot, et la femme commandant m'a notifié ma garde à vue en posant sur mon bureau l'ordre officiel auquel je n'ai même pas jeté un regard. J'étais glacé. Calme. Spectateur et docile. Les questions ont commencé :

« Quelle personne souhaitez-vous faire prévenir ?

— Ma compagne.

— Voulez-vous voir un médecin ?

— Non.

— Avez-vous un avocat ? »

Je n'avais pas d'avocat, celui qui me serait commis d'office ferait l'affaire.

Ils ont commencé à fouiller mon bureau.

« Les bordereaux, c'est quoi ? »

C'était écrit dessus.

« J'ai envoyé trois cents euros à mademoiselle Léa B. Pour l'aider à subvenir à ses besoins à son arrivée à Fresnes.

— Et ça, c'est quoi ?

— Des lettres. »

Ils ont tout embarqué, les lettres de Léa, les miennes, quelques-unes d'Anaïs.

« Et ça ?

— Une facture de téléphone.

— A qui ?

— ... Je ne sais pas, je ne connais pas ce numéro. »

C'était le numéro de la puce de Léa, celle que j'avais achetée à mon nom en septembre et dont elle s'était servie jusqu'à son départ en octobre. Cette puce n'était plus active depuis des mois. Mais j'ai compris que l'affaire se corsait, que je n'allais pas m'en sortir comme ça, quand l'un des policiers a lâché :

« Vous ne le connaissez pas ? Parce que nous, voyez-vous, on le connaît bien, ce numéro ! »

J'étais encore à mille lieues d'imaginer que j'étais surveillé depuis des semaines, qu'on avait épluché tous les relevés détaillés des différentes lignes que nous avions utilisées. Deux officiers se sont emparés de mes ordinateurs. La commandante m'a demandé de la suivre. Je n'ai opposé aucune résistance, mais elle a sorti les menottes. J'ai senti l'acier sur mes poignets. C'est en sortant de ce bureau que je ne devais jamais revoir qu'elle m'a lancé :

« Vous croyez que je n'ai que ça à faire, m'occuper de vos amourettes ? »

J'ai senti que c'était plus grave que je ne le pensais. Mais je n'avais pas peur. Menottes aux poignets, j'ai quitté « ma boutique ». Direction mon domicile, pour une autre perquisition. Je n'ai pas pensé tout de suite à ma compagne, ni à ma fille, ni à l'avenir. Tout va trop vite. On est dans l'instant, dans le réflexe, dans l'immédiat, l'urgence. C'est un peu comme lorsqu'on perd le contrôle de sa voiture. On voit le mur, on sait qu'on va le percuter, mais on ne peut rien y faire, ça ne sert à rien de manœuvrer le volant. J'avais presque hâte de percuter le mur. Qu'on en finisse.

On est arrivés chez moi, une avenue résidentielle assez chic, où notre cortège est tout de même passé presque inaperçu, les voisins se trouvant au travail en ce lundi matin. De toute façon, plus rien ne me préoccupait. Nous nous sommes retrouvés au milieu des cartons du déménagement plus ou moins en cours de ma compagne. Ils ont saisi les deux ordinateurs de la maison, les lettres de Léa, sa déclaration d'amour, celles des fameux sept jours de Noël 2009, une trentaine en tout. Les officiers m'ont demandé mes clés de cryptage. Je les leur ai données. Le contraire n'aurait fait qu'agacer la juge d'instruction, qui m'aurait immédiatement incarcéré. Inutile de faire le mariole : quand c'est cuit, c'est cuit.

11

Je suis arrivé menotté au commissariat, et j'ai été placé en cellule, le temps que tout se mette en place. Lorsque j'ai entendu la grille se refermer dans mon dos, j'ai su que rien ne serait plus comme avant, j'ai eu la sensation très concrète de me retrouver de l'autre côté de la barrière. Il était inconcevable que je sois là. J'étais incrédule, hagard, avec le sentiment de vivre la vie d'un autre, de ne plus savoir qui j'étais : un malfrat ? un tueur ? En même temps, je n'arrivais pas à réfléchir. J'ai regardé autour de moi, tout était comme dans les films, ou comme au mitard. La cellule faisait deux mètres cinquante sur deux mètres cinquante, trois murs de béton et une façade en plexiglas, avec un banc en ciment et au sol un mince matelas recouvert d'un emballage antifeu, le même que ceux du quartier disciplinaire de la prison, mais plus fin. Beaucoup plus fin. Par-dessus était posée une espèce de couverture, fine aussi, indéchirable et antifeu. Je connaissais bien ce matériel, celui des lieux de détention où le risque de suicide est grand. Au rythme où allaient les choses, et étant donné les moyens qui avaient été mobilisés pour me confondre, je voyais se profiler mon incarcération.

Les cellules, cinq ou six de chaque côté, étaient alignées le long d'un couloir avec des toilettes au bout. La mienne se trouvait dans le fond et les autres m'ont semblé désertes quand je suis passé devant. A onze heures du matin, il régnait un silence de mort, et un froid guère plus rassurant. Nous étions en janvier et les cellules ne paraissaient pas chauffées. Je suis resté là pendant une heure, assis sur le banc à observer le décor. Un néon blafard éclairait des murs sales, couverts de graffitis qui formaient un inventaire de noms d'oiseaux. La police en prenait pour son grade. Comme au mitard. J'avais lu des articles de presse sur les conditions de garde à vue, mais ce que je commençais à éprouver dépassait mon imagination.

Ma garde à vue durerait deux jours, deux jours durant lesquels une des formes de torture psychologique consiste à vous faire perdre toute notion de l'heure : conduit dans les bureaux où j'étais interrogé par tranches de deux heures environ, j'étais ensuite redescendu dans ma cellule pour deux heures ou une demi-journée, je n'en savais rien. Parfois, je me réveillais avec une envie de café, et on m'apportait une barquette immangeable de bœuf carottes ou de riz au poulet, une véritable pâtée pour chiens peu regardants. Le pire, ce n'était pas la faim mais le froid. Quand je m'en suis plaint, on m'a tendu un bout de tissu puant. Je me suis blotti dedans, et curieusement, j'ai réussi à dormir, je ne sais pas si c'était le matin ou l'après-midi, le premier jour ou le second. Dans les procès-verbaux d'audition, il est écrit que le gardé à vue est par moments « laissé au repos », à croire que le reste du temps il est torturé, ce qui n'est pas complètement faux. On a dû m'interroger cinq ou six fois, et je n'ai jamais varié dans mes déclarations.

On m'a annoncé les chefs d'inculpation : remise ou sortie irrégulière de correspondances, d'argent, d'objets – à savoir la puce téléphonique et l'ours en peluche ! –, communications illicites. Tout cela revenait un peu au même : oui, Léa et moi avions communiqué, et c'était mal. Mais même dans ces circonstances un peu particulières, où l'on se retrouve face à ses actes, je ne parvenais pas à considérer que c'était grave. Le profit était nul, les dégâts aussi, sinon psychologiques, et en particulier pour moi. Nos relations intimes n'étaient pas en cause sur un plan criminel : nous étions majeurs, consentants, et même volontaires ! Le terme pudique pour en parler était le délit d'« avoir entretenu avec une personne placée par décision de justice sous l'autorité ou le contrôle de l'établissement dont il avait la charge des relations non motivées par la nécessité du service ». J'avais commencé à comprendre que la police disposait de preuves solides, mais je ne savais pas encore que j'étais sur écoute depuis plus d'un mois : les lettres trouvées dans mon bureau, les bordereaux de mandat, les films et les photos dans mon ordinateur, les messages Facebook achèveraient de me confondre. J'ai tout reconnu : la puce de téléphone, les communications téléphoniques, les mandats, les vidéos prises avec le portable. Ils avaient saisi l'ensemble de ma vie, je ne pouvais pas aller contre les preuves.

Je ne savais pas que M. et Léa étaient aussi en garde à vue, ni que le soir et les deux jours suivants, on allait également interroger ma compagne, la mère de Léa, Johanna et quelques surveillantes. J'imaginais Léa dans sa cellule à Fresnes, je pensais fort à elle, alors qu'elle se trouvait à quelques pas de moi. Je l'ai appris le matin du deuxième jour, parce qu'on m'a dit que c'était le matin... On m'a « remonté » pour procéder aux formalités anthropomorphiques, prise de photos et empreintes. Encore un moment où je me suis senti dans la peau d'un bandit. J'appréciais particulièrement de ne pas être menotté quand on me déplaçait, grâce à l'amabilité d'une policière : dans l'état de décrépitude où j'étais, je percevais beaucoup d'humanité dans le moindre geste. J'étais sale, pas rasé, mort de fatigue. En entrant dans la pièce, je me suis retrouvé face à la photo de Léa sur un écran d'ordinateur. Elle m'avait précédé. Ça m'a fait un sacré choc. Un uppercut au ventre. Sur le registre où l'on note l'ordre de passage, juste au-dessus de la ligne où je m'apprêtais à écrire mon nom, il y avait celui de Léa, et au-dessus encore, celui de M. La dimension de l'affaire m'effarait, et en même temps, dès que je l'ai sue tout près de moi, j'ai eu envie de la voir. Je ne pensais pas qu'on se croiserait, je ne savais pas que les femmes occupaient les mêmes cellules de garde à vue. En réalité, si je ne l'avais pas déjà vue – pas davantage que M. –, c'est que nos interrogatoires étaient décalés les uns par rapport aux autres. Lors de la séance suivante, j'ai carrément demandé à l'inspectrice :

« Vous avez employé les grands moyens... Vous pensez que je vais aller en prison ?

— Ne vous inquiétez pas, la juge ne demandera pas votre incarcération.

— C'est pour me rassurer, que vous me dites ça ?

— Non... C'est parce que je le crois sincèrement. »

Ça m'a permis de souffler un peu, mais seulement un peu. Je connaissais le « traitement de faveur » (isolement total) réservé aux fonctionnaires pénitentiaires incarcérés et cette perspective me faisait peur. C'est en redescendant de cet interrogatoire que j'ai vu Léa. Je suis passé devant sa cellule. Elle était debout, agrippée à la grille, habillée tout en blanc. C'était comme une apparition : voir la Vierge ne m'aurait pas davantage surpris ! Elle a à peine eu le temps de me lancer, alors que je marquais un temps d'arrêt de quelques secondes :

« Ça te va bien, les menottes ! »

J'ai trouvé la force de sourire et je lui ai répondu :

« Je ne t'embrasse pas. Je me suis pas lavé depuis deux jours. »

Je lui ai envoyé un baiser de la main. Que nous ayons aussitôt retrouvé notre humour, en des circonstances pareilles, m'a sidéré. Léa avait l'air moins étonnée que moi. Le soir, parlant d'une cellule à l'autre, elle me dirait m'avoir aperçu le matin sur ma paillasse en se rendant aux toilettes, qui se trouvaient en face de ma cellule. Je dormais, paraît-il. Notre conversation a duré deux heures. Dans la cellule en face de la mienne, il y avait... M. ! Je ne lui ai pas dit un mot. Il n'a ouvert la bouche qu'au début, quand Léa a lancé à notre intention commune :

« Vous regrettez de m'avoir connue ? »

J'ai répondu :

« Non. »

Et M. :

« Oui. »

Ensuite, il n'a plus existé pour nous, pas plus que la dizaine de gardés à vue qui se trouvaient dans les autres cellules. C'était comme un tête-à-tête. Je la rassurais :

« T'inquiète pas, on va s'en sortir... »

Une seule fois, un autre gardé à vue a demandé à Léa :

« A qui tu parles ? »

Elle a répondu :

« A mon mari ! »

Elle a une fois de plus réussi à me faire sourire. Les policiers nous ont laissés tranquilles, excepté quand l'un d'eux, alors que nous tombions de sommeil, est venu nous dire :

« C'est bon, là, va falloir penser à dormir. Il est deux heures. »

Comment aurions-nous pu le savoir ? Ensemble, nous n'avions jamais vu le temps passer. Entre nous, le fil invisible était à nouveau palpable : nous étions séparés depuis des mois et rien n'avait changé.

Ce n'est que des mois plus tard que j'ai su ce qu'avaient été, pour Léa, ces jours passés dans les locaux du commissariat de Versailles, grâce aux procès-verbaux figurant dans le dossier d'instruction, que j'ai pu consulter chez mon avocat. Léa n'avait pas pu m'en parler elle-même puisque nous avons fait l'objet d'une interdiction totale de communiquer. Léa, numéro d'écrou 952620, a été extraite de

Fresnes le 10 janvier à dix heures quarante-cinq, au moment même où on perquisitionnait chez moi. Elle a voulu que l'on prévienne sa mère, n'a pas souhaité être examinée par un médecin, a demandé à s'entretenir avec son avocat. Dans un premier temps, elle a déclaré aux enquêteurs : « Je n'ai pas eu de relation amoureuse avec lui. J'ai eu de la fascination pour lui, et l'ai considéré comme un père. » Ce n'était pas complètement faux, surtout vers la fin. Elle a nié les relations téléphoniques ou virtuelles, les petites attentions, les rapports physiques. A quinze heures cinq, elle est revenue sur ses déclarations, et a tout reconnu : « Nos sentiments ont évolué vers l'amour. Cela s'est fait malgré moi. J'ai dit à ma mère que je reconnaissais en lui le père que je n'avais pas eu. » Elle disait aussi m'avoir fait passer par sa mère une lettre de rupture après avoir promis à ma compagne de « nous laisser tranquilles ». A propos de M., elle disait que leurs relations avaient été amicales, et qu'il lui avait écrit trois ou quatre lettres après son départ de Versailles. Cela m'a à la fois soulagé et contrarié : cette description sans équivoque de ses relations avec lui me rassurait, mais penser que leur lien avait subsisté alors que les nôtres avaient été rompus m'a peiné. D'un autre côté, c'était compréhensible : M. s'était toujours plié à son humeur, bonne ou mauvaise, et une relation sans amour ne pouvait la faire souffrir. Je m'en suis parfois voulu d'avoir été possessif, jaloux ou exigeant, mais mes intentions avaient toujours été de la tirer vers le haut, alors que lui ne cherchait qu'à l'attirer. Léa comparait cette relation avec celle qu'elle entretenait avec une surveillante, même si elle savait que M. avait des vues sur elle.

La mère de Léa ne m'a pas aidé par ses déclarations, du genre : « Il a un problème psychiatrique, il veut s'accaparer ma fille. » Ce problème psychiatrique porte un nom : amour. Je crois savoir que de très nombreux êtres humains en sont atteints ! Mais c'est un phénomène qu'elle n'a sans doute pas eu l'occasion de connaître. Elle a tout reconnu, allant jusqu'à livrer des détails qu'on ne lui réclamait pas, le colis de ramadan qui n'avait pas été pesé, mes visites ou appels dans un état de profonde détresse en novembre, avant la lettre de rupture. Elle ajoutait : « Ils m'ont toujours dit de me taire »... La précision était-elle utile ? Pour défendre sa fille, elle aurait volontiers dit que j'avais forcé Léa à être amoureuse de moi. Heureusement, les pièces versées au dossier établiraient les faits : non, je n'avais pas abusé de la jeune femme.

Quant à M., il avait donné une version des faits bien pratique : « J'ai été manipulé ! », tout en proclamant que c'est lui qui nous avait manipulés puisqu'il prétendait s'être immiscé dans notre histoire pour en dévoiler les tenants et les aboutissants, Zorro rétablissant la loi en prison... Rien ne tenait debout. C'est de cette volonté de sauver sa tête que j'ai déduit que M. n'avait jamais aimé Léa. Maigre consolation. Les autres surveillants n'avaient rien de plus à dire que ce qu'ils avaient déjà expliqué au contrôleur des prisons. Ma compagne est restée sobre, se bornant à déclarer que le mois d'août 2010, celui de la tentative de suicide de Léa donc, avait été très pénible sur le plan conjugal, les mois suivants non moins difficiles, et qu'enfin elle avait décidé de me quitter quelques jours plus tôt, projet qu'elle mettrait en application sitôt sortie des locaux de la police. Elle a aussi raconté ses deux conversations téléphoniques avec Léa, les promesses de rupture, son impuissance à me ramener à la raison...

Dès les premières investigations, on m'a recommandé de protéger mes intérêts, une offre exprimée plus ou moins clairement par l'Inspection des services pénitentiaires dès le mois de novembre. (Cette thèse selon laquelle j'aurais été manipulé m'a été servie maintes fois, suggérée lors des interrogatoires de police et chez la juge d'instruction. C'est cette théorie qui sera reprise ensuite par les médias.) Pour sauver ma peau, il me suffisait de dire que j'avais été manipulé, que je m'étais laissé embarquer comme un abruti. Lors du rendez-vous chez le directeur interrégional, cette version m'avait déjà été soufflée, mais je n'avais pas changé entre-temps : je reste obstinément sincère. Peut-être avais-je une chance de retrouver un poste, mais j'ai refusé de mentir. Je n'ai jamais été hypocrite, et je n'allais pas commencer. Je l'ai dit d'emblée à mon avocat : « C'est non ! » J'ai refusé de minimiser ma faute, parce que j'estime au contraire que les faits le feront pour moi : Léa, je l'ai aimée, et c'était réciproque. J'y vois une circonstance atténuante. Il y a bien des crimes passionnels, du moins sur le plan psychologique si ce n'est judiciaire, je ne vois pas pourquoi cette qualification ne s'appliquerait pas à quelque chose d'infiniment moins grave. J'ai commis un délit passionnel. Je n'ai pas bafoué la règle par irrespect, principe, vice ou rébellion, mais parce que j'étais amoureux, et en proie aux souffrances qui peuvent accompagner l'amour. La douleur qui traverse nos correspondances, nos tentatives pour arrêter ne peuvent laisser planer aucun doute dans l'esprit de ceux qui nous jugent. Ma vie ne permet pas davantage d'accréditer la thèse de la manipulation : des filles qui ont tenté de me séduire, directement ou par des manœuvres plus ou moins fines, il m'est arrivé d'en croiser. J'en aurais eu, des raisons d'être amadoué ou de succomber, et ce n'est jamais arrivé.

Le second soir, quand j'ai parlé à Léa à travers le plexiglas de ma cellule, allongé par terre au niveau des trous d'aération pour qu'elle m'entende, elle m'a demandé d'une voix inquiète :

« Tu crois que les médias vont parler de nous ? »

C'était sa hantise : faire encore la une, lire encore des choses fausses, salissantes, se retrouver des années en arrière, pire qu'à la case départ. Je lui ai répondu :

« Oh, il y aura peut-être deux ou trois lignes dans les journaux… »

Le surlendemain, nous faisions la une des quotidiens : elle, l'appât qui fait tout perdre aux hommes, à commencer par la tête, et moi, monté si haut, tombé si bas ! Je me suis senti sali par cette image du type qui accorde des privilèges « en échange des faveurs sexuelles de plusieurs détenues », en d'autres termes, ce que moi j'appellerais une ordure ! J'étais dépeint sous les traits de cet affreux pervers tandis que dans mon métier ou chez ceux qui se trouvaient du bon côté de la barrière, on continuait à me souffler : « Dis que tu as été manipulé ! » Je ne semblais avoir d'autre choix que d'être une victime ou un pervers. Sentimental ne faisait pas partie des options. Quand mon avocat a expliqué aux médias qui ont eu la curiosité de l'interroger qu'il s'agissait d'une histoire d'amour, certains ont cru à une défense, une excuse.

« Votre avocat vous défend bien », m'ont dit perfidement certains que j'ai eus en ligne.

Je répondais :

« Non, c'est la vérité ! On s'aimait. »

Cette version leur semblait trop belle, trop loin de la thèse séduisante de la « tombeuse » à répétition. C'est pourtant le cri que j'ai envie de pousser : non, ce n'était pas une histoire moche ! C'était une belle histoire, et elle refuse de mourir. Ils auraient fini par me faire douter, avec leurs papiers salissants, et des propos comme « Lui voulait refaire sa vie avec elle ; elle, pas du tout ! » ou en titrant, comme un quotidien que je ne citerai pas : « Sexe en cage ! » Du sexe, il y en avait bien moins que dans leurs fantasmes ! Heureusement, certains ont fait leur métier sérieusement, comme cette journaliste du *Monde* qui a pris le temps d'enquêter et qui a titré en soulignant le caractère romanesque de notre histoire : « La Belle et le Geôlier ». Par chance, dans mon malheur, le 14 janvier, le président tunisien était renversé, puis le tremblement de terre et l'accident de la centrale nucléaire de Fukushima prenaient le relais : on nous a lâchés.

J'ai vite su ce que je risquais. Sur le plan administratif, suspension de mes fonctions avec suspension de salaire. Comment allais-je vivre ? Ce n'était apparemment pas leur problème. Mon avocat porterait l'affaire devant le tribunal administratif de Versailles, mais ça n'allait pas me nourrir dans l'immédiat. Il y avait aussi les poursuites disciplinaires pour avoir eu des relations illicites avec une détenue, ce que je ne niais pas. J'aurais compris qu'on me sanctionne lourdement, sans aller toutefois jusqu'à la révocation, et pourtant on m'a révoqué. J'aurais droit à une demi-retraite, n'ayant effectué qu'une demi-carrière, ce que je ne conteste pas sur le plan mathématique, même si je pense que je pouvais encore servir... Et enfin, sur le plan judiciaire, j'encourais jusqu'à trois ans de prison, et quarante-cinq mille euros d'amende. L'attente de la date de mon procès devant le tribunal correctionnel aujourd'hui fixé au 15 février 2012, a fait partie des tourments de l'année 2011. La peine, nul ne peut la connaître puisqu'il n'y a guère de précédents. Ce que risque M., je l'ignore, et je m'en moque. En revanche, j'espère que Léa n'écopera pas d'une peine supplémentaire : je ne suis pas entré dans sa vie pour la faire souffrir, mais pour l'aider. Ce serait un comble, et j'en éprouverais une culpabilité terrible.

Tout m'a été clairement signifié en quelques lignes de résumé que j'ai signées chez la juge d'instruction, à laquelle on m'a présenté dans la foulée de la garde à vue, comme c'est l'usage. Le mercredi à neuf heures du matin, soit presque quarante-huit heures après mon arrivée au commissariat, je me suis retrouvé dans une voiture de police entouré de trois ou quatre gaillards, menotté, sale, épuisé. Le tribunal se trouvait à deux cents mètres. Arrivé au dépôt, j'ai croisé le regard de M., un regard neutre, de part et d'autre... On m'a parqué dans une nouvelle cellule, tout aussi avenante, où je suis resté sept heures, en attendant qu'un créneau se libère. Je crevais de faim et de froid, au point qu'un flic compatissant m'a tendu un vieux blouson oublié par un prédécesseur. Il était sale et déchiqueté mais je me suis enroulé dedans sans faire la fine bouche. En voyant mon état en fin d'après-midi, mon avocat a blêmi et m'a demandé :

« Vous avez été violenté ? »

J'ai répondu non. Pas physiquement, en tout cas. Pour le reste, j'étais au bout du rouleau. Dans les couloirs, j'ai à nouveau croisé Léa, furtivement. On s'est adressé un petit signe. On m'a démenotté pour entrer dans le bureau de la juge, dont je connaissais le nom pour l'avoir lu dans les dossiers de détenus. J'étais assis sur une chaise, à plusieurs mètres de son bureau, par souci de sécurité sans doute, et nous étions en tête à tête. C'est allé très vite, en tout une dizaine de minutes. Nous étions entre professionnels, après tout, encore une scène incroyable, qui me faisait douter de la réalité. Elle m'a demandé si je souhaitais répondre à ses questions, ou confirmer mes déclarations, ou reporter l'entretien à plus tard. J'ai évidemment demandé le report. Elle m'a expliqué que j'étais mis en examen sous contrôle judiciaire, sans incarcération. J'ai prononcé un grand « ouf » dans ma tête. Même si l'inspectrice m'avait déjà rassuré, ce sont des choses qu'il est bon de s'entendre dire clairement par les autorités compétentes ! Je sortirais donc libre, et le fait de ne pas avoir le droit de quitter la France ne me pesait pas. J'ai moins apprécié les autres décisions : interdiction de communiquer avec Léa, ainsi qu'avec sa mère, avec M. et avec le personnel de la MAF de Versailles. J'écoutais sans bien réaliser les conséquences sur le long terme. Ne pas communiquer avec Léa s'avérerait la pire des sanctions : c'est ce qui m'a empêché certains jours d'avancer, de dormir ou de me lever, de faire face à la dévastation de ma vie. On peut vivre plus ou moins sans argent. Sans l'amour de Léa, j'ai eu beaucoup de mal.

Je me suis retrouvé dehors, dans le même état de fatigue et de crasse, hagard, aveuglé par la lumière après presque trois jours passés dans une cave. Pourtant, je n'éprouvais aucune joie, pas même du soulagement. Je suis rentré dans mon beau logement de fonction de cent dix mètres carrés avec vue sur le château de Versailles en sachant que je n'y resterais plus longtemps. Il ne ressemblait déjà plus à celui que j'avais connu. Ma compagne n'avait plus du tout envie de parler, sinon pour commenter d'un air fataliste :

« Nous en sommes là où j'avais dit que nous en serions. Je déménage. »

C'était moins l'heure que jamais de tenter de la faire revenir sur sa décision. Elle est effectivement partie avec ma fille. Elle a emporté ce qu'elle voulait, me laissant le réfrigérateur et un matelas à même le sol, avec une couette et une télé. Je n'ai rien trouvé à y redire. Je me moquais de tout, mais voulais autant que possible éviter à ma fille de voir l'état dans lequel j'étais. Mes objets d'art, porcelaines chinoises du XVIIIe siècle, statuettes du Proche-Orient datant du second millénaire avant Jésus-Christ et autres trésors chèrement acquis se sont retrouvés emballés dans des cartons.

Du jour au lendemain, je me suis retrouvé dans un appartement désert, avec au cœur un autre désert, affectif celui-là. Ma compagne et ma fille étaient à des centaines de kilomètres, j'ignorais dans quel état sentimental et moral se trouvait Léa, et je n'avais plus de relations sociales. Je n'avais pas vraiment d'amis, sinon mes collègues de la MAF. Les rares personnes que je connaissais par ailleurs, je n'avais pas envie de leur parler, de leur raconter, et aucune ne s'est manifestée non plus, sinon un ancien collègue de travail qui avait appris les nouvelles par la presse, mais j'allais si mal que le moment de renouer ne me semblait pas opportun. J'ai dû prévenir mes parents en sortant de la garde à vue pour qu'ils n'apprennent pas l'affaire par les médias. Nous n'avions jamais été complices, surtout pas sur les questions sentimentales, mais leurs commentaires ne m'ont pas remonté le moral. En gros, pour eux aussi j'avais été manipulé, mais ce que j'avais fait n'était pas « joli-joli ». Un oncle et un cousin, informés par les actualités, sont les seuls à m'avoir appelé pour compatir, et me proposer de m'héberger, à l'autre bout de la France. Je leur en ai été profondément reconnaissant, mais ma compagne et ma fille partaient déjà suffisamment loin pour que je n'ajoute pas des kilomètres entre elles et moi. Je les avais régulièrement au téléphone. Ma fille comprenait l'histoire avec les mots de son âge : papa avait fait une bêtise à cause d'une histoire d'amour. Ma compagne n'a jamais cherché à ternir mon image auprès d'elle. Vis-à-vis de moi, elle était plus distante, oscillant entre la compassion et la colère, mais elle savait me remonter un peu le moral quand il était au plus bas. Si elle n'avait pas été là, je me serais peut-être suicidé. L'idée m'a traversé l'esprit.

Du jour au lendemain, moi qui suis un actif, qui aime prendre des décisions, travailler, obtenir des résultats, je me suis retrouvé totalement désœuvré. Je regardais la télévision d'un œil distrait, incapable de me concentrer. Je ne pouvais pas lire une ligne non plus sans penser à ce qui s'était passé, les événements récents mais aussi cet amour fou qui nous avait perdus, Léa et moi, cet amour qui était pourtant l'une des choses les plus intenses que j'ai éprouvées de ma vie. Je vivais tendu vers elle, en manque de ses nouvelles, plus malheureux que jamais. Je mangeais juste de quoi ne pas mourir, sans plaisir, me nourrissant de pain et de fromage, assis par terre. L'alcool m'a servi d'antidépresseur de temps en temps, je ne me saoulais pas vraiment, juste de quoi décompresser. J'ai découvert les vertus du whisky, moi qui n'en buvais pratiquement jamais.

Je n'ai réellement craqué qu'une fois, justement après avoir bu un peu, trois portos en l'occurrence. C'était à la fin du mois de janvier. J'ai voulu voir Sandra, mon ancienne collaboratrice qui était à mes yeux l'une de mes rares amies. Je lui aurais rendu service à trois heures du matin si elle avait eu besoin de moi. Ce soir-là, rongé d'angoisse sur mon matelas, je regardais mon téléphone, comme très souvent, avec une envie brûlante d'appeler ceux qui savaient. J'avais besoin de soutien. Si je ne le faisais pas, c'était pour ne pas avoir à affronter le fait que personne ne me soutiendrait. L'alcool a levé mes inhibitions, et n'y tenant plus, tard dans la soirée, j'ai enfourché mon scooter, direction chez Sandra.

J'avais besoin d'un peu de gentillesse, d'un peu de chaleur humaine. Il n'était pas question que je la prévienne avec mon téléphone sur écoute. C'est elle qui m'a ouvert, l'air embarrassée, mais son mari est aussitôt apparu et, dès qu'il m'a vu, son visage s'est décomposé. Il m'a mis dehors sans ménagement, me repoussant loin de la porte tandis que Sandra s'effaçait et le laissait faire. Ils m'ont claqué la porte au nez. Nous avions été très proches ; j'étais devenu un pestiféré.

A la suite de cette visite qui n'a pas duré plus de quelques secondes et dont personne n'a été le témoin, peut-être sous la pression de son mari mais peu importe, Sandra a écrit à sa hiérarchie, qui a transmis au procureur. Quelques jours plus tard, mon avocat m'a appelé, pas très content :

« C'est quoi cette histoire ? Vous ne respectez pas votre contrôle judiciaire ? »

J'ai voulu me justifier :

« J'étais au bout du rouleau, j'avais bu trois portos, je n'en pouvais plus…

— Ecoutez… Je ne suis pas votre ennemi. Vous pouvez me parler. Mais je vais être clair : si vous voulez finir derrière les barreaux, continuez ! Vous êtes convoqué chez la juge d'instruction. Le procureur a demandé votre incarcération. »

L'angoisse s'est emparée de moi. Il a continué :

« Cette fois, il ne se passera sans doute rien, mais vous allez vous prendre une soufflante, je préfère vous prévenir ! »

J'ai effectivement été convoqué dans la foulée chez la juge, qui m'a sermonné :

« Un contrôle judiciaire, c'est strict ! Ça ne se discute pas ! Que vous ayez le moral ou non, la loi est la loi, et la décision du procureur sans exception possible. Pour cette fois, c'est bon ; la prochaine fois, c'est l'incarcération, c'est clair ?

— C'est clair... »

On ne peut plus clair.

Jusqu'en avril 2011, les jours se sont succédé, avec leur lot de bonnes et de mauvaises nouvelles, toutefois rares. Le plus souvent, je regardais les heures s'écouler une par une, en surfant sur Internet, sur les sites d'information ou de ventes d'art, même si tout enthousiasme m'avait quitté.

La bonne nouvelle est curieusement arrivée par les médias, avec un reportage télévisé, en février 2011. Quand j'ai vu le titre racoleur « Qui est vraiment Léa ? », j'ai eu des sueurs froides. Je m'attendais une fois de plus à la litanie habituelle : la « manipulatrice », la « machiavélique », la « Mata Hari ». Mais les journalistes étaient allés à la rencontre de sa mère, des avocats, de toutes les parties. Le portrait n'était ni négatif ni caricatural. Le reportage s'achevait surtout sur une information toute fraîche, un scoop pour moi, avec cette phrase : « Quant à la jeune femme, elle dit avoir encore des sentiments pour lui. »

J'ai regardé ce reportage de nombreuses fois. Léa avait donc encore des sentiments pour moi... J'en étais parfois sûr. Souvent. Et puis parfois, j'étais sûr du contraire. J'ai activé tous les réseaux pour avoir indirectement de ses nouvelles, j'ai réussi à entrer en contact avec Ouassima, qui avait partagé sa cellule à Fresnes. Elle m'a dit : « Elle a hâte de vous retrouver, ne soyez pas inquiet. Elle vous attend. » Je ne sais pas si c'était elle qui m'attendait, ou si c'était moi. Peu importait de savoir qui attendait l'autre... Je lui ai aussi demandé :

« Et le nounours, elle l'a encore, l'ourson raccommodé avec des coutures partout ? »

Elle a répondu :

« Oui. Elle dort même avec ! »

C'est fou le bien que cette simple nouvelle m'a fait ! C'était mince. Mais c'était énorme.

Et la mauvaise nouvelle, prévisible, est tombée : j'ai reçu un mail de l'administration pénitentiaire me demandant officiellement de quitter mon appartement de fonction dans un délai de cinq jours. Déjà, on avait coupé ma connexion Internet et donc mon téléphone fixe sans m'en avertir. Je n'existais plus pour ma hiérarchie. Je n'existais plus pour personne. Cependant, le déménagement n'était pas vraiment un problème, de toute façon je n'avais plus rien ! Je me suis installé dans un appartement modeste à cent kilomètres de Paris pour éviter les loyers exorbitants, emportant comme l'escargot ma maison sur le dos. Vient un moment de dépouillement matériel et de détresse morale où, de toute façon, plus rien n'a d'importance. La situation dans laquelle m'a placé une administration que j'avais servie pendant près de vingt ans était la pire : je ne pouvais pas travailler puisque je n'étais pas officiellement révoqué, mais seulement suspendu. Je n'avais pas le droit de prendre un nouvel emploi, ce qui était de toute façon improbable dans l'état d'égarement qui était le mien. Je n'avais pas droit aux minima sociaux. J'étais condamné à l'attente... Comment allais-je vivre ? Personne ne s'en souciait.

C'est seulement le 9 juin 2011 que le tribunal administratif, c'est-à-dire l'Etat, a décidé de me verser mon traitement pour les mois de janvier à juin. Il y était contraint jusqu'à la date où je serais officiellement révoqué. Je recevrais ensuite un revenu de remplacement pendant deux ans, à moins de retrouver un emploi. J'y pensais souvent. Mais dans quel métier ? J'ai ressenti une forme de satisfaction à remporter une victoire symbolique sur ce terrain, toute relative mais réconfortante. J'ai pensé que mes proches y auraient gagné si je m'étais suicidé, que ma mémoire aurait été un jour réhabilitée. Quand ces idées noires me venaient à l'esprit, je pensais à ma famille et à l'horreur de mourir sali. C'était la première étape décisive et heureuse que je traversais depuis ma mise en examen six mois auparavant, avec, quelques semaines plus tôt, la signature du contrat d'édition pour écrire ce livre. Ces deux nouvelles quasi simultanées revenaient à une même forme de réhabilitation, morale à mes yeux bien avant d'être financière : il n'était pas impossible que ma version des faits soit entendue, et comprise par quelques-uns... Les sanctions étaient malgré tout bien là, sans appel.

Le conseil de discipline censé statuer sur mon sort administratif a été une mascarade, le résultat étant connu d'avance. Le 7 juin 2011, j'étais convoqué au siège de l'administration pénitentiaire. Dans la grande salle de réunion, le directeur adjoint, trois membres de l'administration et une secrétaire se tenaient d'un côté de la table. De l'autre, trois membres des syndicats. Ils sont théoriquement là pour défendre le personnel. Je les avais salués de nombreuses fois dans ma vie, nous nous serrions chaleureusement la main... Mes « défenseurs » ne m'ont, semble-t-il, même pas reconnu ! Mon avocat et moi étions au milieu. Les faits qui m'étaient reprochés ont été énoncés : la communication illicite, les relations « non nécessitées par le service ». Un courrier du procureur qui les rappelait a été lu. Il finissait par une formule du genre « ... et vous laisse le choix des poursuites », sur le plan administratif s'entend. En fait, la séance s'est déroulée comme un procès, mais sans les pièces, avant même que la justice ait tranché sur la nature et la gravité de ma faute. Quand on m'a donné la parole, j'ai demandé pourquoi je n'avais pas droit à la présomption d'innocence, comme devant la justice. Je leur ai demandé ce qu'ils avaient dans le dossier, en dehors des articles de presse qui me dépeignaient tantôt comme une marionnette entre les mains d'une femme démoniaque, tantôt comme un serial tombeur de détenues. Ils n'ont pas répondu. Tout le monde regardait son stylo ou la fenêtre d'un air embarrassé. Mon avocat a alors pris le relais, réclamant que la décision soit reportée en attendant que la justice fasse son travail. Mais la justice de l'administration est plus expéditive. Représentants de l'administration pénitentiaire et syndicalistes se sont retirés pour délibérer, c'est-à-dire valider une décision prise depuis longtemps : j'ai été révoqué de l'administration pénitentiaire. Voilà qui mettait fin à toute possibilité de reconversion en rapport avec mes compétences, et à beaucoup d'autres puisque l'inscription vraisemblable au casier judiciaire m'interdirait aussi tous les métiers de la sécurité, ou de service comme chauffeur de taxi, par exemple. Le conseil de discipline avait duré en tout quarante minutes. Quarante minutes pour expédier vingt années de ma vie, et sans doute les vingt années suivantes.

En sortant, je ressassais ce qui m'a paru être la pire des trahisons : mon rejet par tous ceux avec qui j'avais travaillé, la sensation d'être traité comme un violeur, ou un truand, alors que ce que j'avais fait était banal : j'avais aimé une femme. Bien sûr, je ne sous-estime pas la question disciplinaire, l'importance de la règle, mais, compte tenu des faits eux-mêmes, la réponse de l'institution m'a semblé excessive. Y avait-il un risque de récidive ? Par chance, aucun ! Ce sont des choses qui n'arrivent qu'une fois dans la vie. En ai-je tiré profit ? Aucun. Sur aucun plan. Est-ce que cela veut dire que je paie pour l'exemple ? J'ai vu des surveillants frapper des détenus de façon absolument gratuite. Ils ont été mutés à deux cents kilomètres. En résumé, il vaut mieux frapper un détenu que vivre une histoire d'amour, telle serait la morale de l'histoire. Ma mise au rebut est ce qui m'a fait le plus de mal. Au fond, ironie du sort, si je n'avais pas été quelqu'un de bon, de profondément humain avec les détenues, toutes les détenues, jeunes ou plus âgées, jolies ou insignifiantes, tout cela ne me serait pas arrivé. J'ai l'impression d'avoir été puni pour la plus mauvaise raison du monde : puni pour avoir aimé.

12

Pendant sept mois, jusqu'à l'été 2011, Léa était tellement loin de moi que c'était une sorte de rêve. C'est terrible à dire, mais l'absence, aussi douloureuse qu'elle puisse être par moments, on finit par s'y faire. Je m'étais habitué à vivre à l'aveuglette, au jour le jour. Le seul fil ténu d'espoir était une phrase entendue à la télévision et corroborée par l'une de ses amies : « Elle attend. » Mais moi, qu'est-ce que j'attendais ? Sa sortie, certes, c'était une obsession, mais pour le reste, je n'en savais rien. Je savais ce dont j'avais envie, mais pas si nous serions capables de le vivre. Et, surtout, je ne savais pas quand nous pourrions commencer à vivre quoi que ce soit.

Je pensais souvent à ma compagne, aussi souvent qu'à Léa, mais d'une autre manière. J'admirais son courage, sa force, son intelligence dans le marasme dans lequel j'étais plongé et que je lui imposais. Je m'occupais de notre fille, avec bonheur, mon seul bonheur pour ainsi dire. Le reste du temps, je gambergeais, seul, des heures et des heures dans mon petit logement loin de Paris. J'avais retrouvé ma disponibilité de père. Je pense que ma fille en savait assez sur ce qui s'était passé pour comprendre le changement de situation familiale et professionnelle, mais pas suffisamment pour que sa candeur d'enfant soit atteinte. C'était notre vœu commun. Le lien qui m'unissait à elle est devenu différent. J'étais désormais capable de vivre avec elle des moments très forts et pourtant ordinaires, que j'aurais considérés autrefois d'un air blasé. J'avais été bouleversé de l'entendre chanter à la kermesse de fin d'année de son école, d'autant plus qu'elle avait entonné « Quand on n'a que l'amour », de Jacques Brel. J'ai laissé déferler des émotions que j'aurais autrefois contenues, qui m'ont ramené à l'essentiel. Je l'ai filmée. J'ai eu envie d'envoyer la vidéo à la juge d'instruction, pour lui dire : « Voyez, tant qu'on a ça, on a tout ! »

Je n'ai pas su résister à l'envie de lui envoyer les paroles de cette chanson magique, mais il semble que la magistrature et la poésie ne soient pas du même monde et, une fois de plus, j'ai été rappelé à l'ordre.

J'aurais pu tenter de reconquérir ma compagne et retrouver une vie confortable avec elle et ma fille, il m'aurait suffi de renoncer à Léa. Mais j'en étais incapable, c'était inimaginable. Je pensais à Léa à chaque instant de la journée, ou presque. Le jour je ne faisais pas grand-chose, sinon surfer sur le net ou écrire ce livre, la nuit j'étais en proie à des insomnies. Je refusais d'imaginer Léa, en libération conditionnelle, m'appelant à l'improviste et moi lui répondant : « Ah non, ce n'est plus possible. Je suis retourné avec ma femme. » Les deux dernières années, j'avais fait du mal à deux femmes, et en renonçant aux deux, à l'une par prudence, à l'autre sous la contrainte judiciaire, j'avais l'impression de ne faire du mal à personne. Le temps était figé. Il le serait jusqu'à ce que Léa soit libérée.

J'avais dit un jour à Léa, au tout début, que la patience, la confiance et l'espoir étaient les piliers de notre histoire. Il m'arrivait de manquer des trois. Ma patience s'émoussait, ma confiance trébuchait, mon espoir vacillait.

Depuis le 13 janvier 2011, nous n'avions plus le droit de communiquer, ni par Internet, ni par téléphone, ni par lettre. Je n'avais pas non plus le droit de parler à sa mère, qui aurait certainement averti les autorités si j'avais tenté quoi que ce soit, ce qui m'aurait conduit en prison, j'étais prévenu. J'avais eu quelques contacts indirects avec une ou deux excodétenues de Léa. J'avais écrit une première fois en février 2011 à la juge d'instruction pour lui demander de lever l'interdiction de communiquer, puis à nouveau en mai, et je m'étais vu chaque fois opposer un refus. La deuxième fois, j'ai fait appel de la décision, et attendu... Cent fois, j'ai commencé à écrire à la juge une lettre officielle proche de la supplique, puis j'ai arrêté. J'ai failli devenir fou à plusieurs reprises. J'ai parfois regardé les murs de la prison qui tenaient Léa enfermée en passant sur la route près de Fresnes. Je me disais : « Ce ne sont pourtant que quelques pierres posées les unes sur les autres... » Le bonheur tient à un rien. Deux choses me manquaient : qu'elle sache que je l'aimais encore et, inversement, connaître ses sentiments, en plus de la voir évidemment. Pourquoi ne bravait-elle pas l'interdiction ? De peur de voir sa peine alourdie sans doute, sa conditionnelle reportée une fois de plus. Je me représentais ses terreurs, que je connaissais maintenant si bien, à force de relire et d'étudier ses messages et ses textos. J'avais fini par la comprendre, ou presque. L'angoisse la poussait parfois à renoncer à tout plutôt qu'être trahie ou déçue. J'imaginais qu'elle pouvait me croire amnésique, plus du tout amoureux d'elle, rentré au bercail et sagement réintégré dans « ma petite famille », celle dont elle m'avait en permanence rappelé l'existence. Chaque jour, j'espérais un signe. Chaque soir, je me couchais sans l'avoir reçu. Rien ne bougeait. Je n'en pouvais plus.

Ma confiance vacillait aussi parce qu'il y avait eu cette lettre de rupture au tout début, même si le message transmis par Johanna ou l'histoire de l'ours avec lequel elle dormait la contredisaient. Je les privilégiais pour tenir le coup : des ruptures définitives, nous en avions vécu d'autres ! Je me raccrochais au peu dont je disposais. Au reportage télé de février, aux mots « homme de ma vie », mais la persistance de son amour était un pari, comme l'était notre harmonie possible, un jour, dans la « vraie vie ». Parfois me revenait le souvenir du mal que Léa m'avait fait, ou plutôt, du mal que nous nous étions fait. Nous étions si différents… Nous avions eu de si terribles malentendus… Elle me rendait possessif, jaloux, elle si sauvage et en même temps si demandeuse de l'attention de tous, quand ce n'était pas de leur affection. Saurais-je résister à sa nature ? J'étais convaincu que Léa n'était pas une fille légère, qu'elle rêvait d'une vie sérieuse, qu'elle avait besoin de repos, de repères, mais je savais aussi qu'elle avait de sérieux problèmes à résoudre, du chemin à faire pour se stabiliser. Depuis ses huit ans, sa vie avait été chaotique et elle voulait en finir avec cela, mais encore fallait-il qu'elle soit prête à se montrer à la hauteur de ses rêves. Et cela, je ne pouvais en avoir la certitude. Souvent, cela m'aidait de penser à elle, parce que j'étais certain qu'elle saurait être formidable, mais il m'arrivait aussi d'en douter et d'en ressentir une double peine : j'avais cassé un couple sans savoir de quoi l'autre serait fait, ni même s'il existerait. Et pourtant, si on m'avait demandé : « Et si c'était à refaire ? », j'aurais signé tout de suite. Les moments que nous avions vécus ensemble au diapason, aussi courts qu'ils aient été, me semblaient valoir tout ce que j'avais perdu. L'essentiel, l'amour et la confiance de ma fille, je ne l'avais pas perdu. Quant à l'espoir, il n'avait qu'une forme : la libération de Léa. Combien de fois me suis-je représenté sa sortie, combien de fois en ai-je rêvé... quand nous ne nous retrouvions pas dans les bras l'un de l'autre, au bord du lit de sa cellule à Fresnes, grâce à un merveilleux don de passe-muraille... J'avais des scénarios à foison. Il m'arrivait aussi de me dire qu'elle ne voudrait plus me voir, qu'elle ne m'aimait plus. Je me serais dit : « Tout ça pour ça ? », et je n'aurais plus eu qu'à regarder ma vie en ruine et à la reconstruire. Parfois, j'avais confiance en moi, habité même par un sentiment de plénitude que je n'avais jamais éprouvé : j'étais libre, j'avais tout perdu, je n'avais plus que l'amour mais cela m'avait rendu invulnérable. Parfois, j'avais le sentiment instinctif que ça ne marcherait jamais entre nous, que je commettais une grosse erreur en ne renouant pas avec mon ancienne vie avant qu'il soit trop tard. J'étais incapable de trancher, de renoncer. Pire : je ne le voulais pas. On m'aurait proposé de m'opérer pour effacer le souvenir de Léa de mon cerveau, j'aurais refusé. Je me demandais comment elle vivrait la nouvelle donne de mon existence à sa sortie. Je n'avais jamais pensé que Léa était intéressée par ma position sociale ou ma situation, mais il m'arrivait d'être lucide : directeur de prison, salarié, j'aurais été en mesure de lui offrir une certaine aisance matérielle. Mais dorénavant, je n'avais plus de statut social, plus d'emploi, plus de maison, comment serais-je encore en mesure de l'aider ? Comment pourrait-elle encore m'admirer ? Je me ressaisissais vite dans un sursaut d'optimisme, et me disais que nous étions au-dessus de tout ça. Je ne passais jamais une journée entière dans le même état d'esprit, j'alternais entre une sérénité très relative, disons l'anesthésie de la douleur, et des tourments insupportables où chaque minute qui s'écoulait me pesait.

Léa nourrissait des rêves de vie active, des rêves de petite fille, comme d'être hôtesse de l'air par exemple, mais ce métier lui serait interdit à cause de son casier judiciaire, ce qu'elle avait toujours refusé d'entendre. J'ai appris au début de l'été, par des relais très lointains, qu'elle avait obtenu son DAEU, le fameux diplôme d'accès aux études universitaires qu'elle préparait déjà à Versailles. Elle rêvait, paraît-il, d'un BTS de tourisme. Je me demandais si elle aurait envie de travailler ou non, d'être en couple ou non, de vivre chez sa mère ou non. Et surtout, je me demandais quand. Ma perception du temps avait changé. Il y a une théorie de l'Antiquité grecque que j'aime beaucoup, la différence entre le *chronos*, le calendrier qui défile, objectivement, et le *kairos*, le temps immatériel que forment les étapes de la vie. Durant ces sept mois de purgatoire, je n'étais plus lié au *chronos* : un jour n'était pas un jour. J'étais lié aux événements, ceux du calendrier judiciaire, du calendrier amoureux.

Au pire, avais-je réussi à savoir, Léa sortirait en mars 2012. Je crois que j'aurais préféré que l'on m'annonce le pire, cette échéance la plus lointaine, plutôt que de naviguer à vue, sans savoir quand ma peine prendrait fin. Le maintien en détention était une décision politique. Le juge d'application des peines avait donné son accord pour une libération conditionnelle, mais le procureur, c'est-à-dire le représentant de l'Etat, avait fait appel. L'appel du verdict de son premier procès n'était pas ordinaire, tout comme la durée record de sa détention provisoire. C'était même du jamais vu pour une mineure sous la Ve République : quatre ans et neuf mois. S'il n'y avait pas eu notre histoire, elle aurait été libérée. Mais elle avait participé à un crime qu'on avait puni de façon « exemplaire », puis à un manquement au règlement avec un directeur de prison qu'on voulait aussi punir de façon exemplaire. J'étais également dans l'inconnu concernant mon procès en correctionnelle. Mais je pense que j'aurais réussi à supporter cette incertitude si l'autre avait pu être levée.

Quelquefois, au fond de moi-même, je me disais que je faisais une grosse erreur en pensant que je pourrais être heureux avec Léa, mais je n'avais pas le choix. J'avais payé cher pour un bonheur qui ne venait pas, je l'attendais, je n'aurais jamais pu cesser d'attendre. Je suis bien trop entêté pour renoncer quand je me suis fixé un but.

C'est au début de l'été 2011 que la vie s'est accélérée, avec une succession de bouleversements. Le 30 juin, j'ai reçu par lettre recommandée la nouvelle officielle de ma révocation, ce qui n'était pas en soi une grande surprise. Mon traitement était définitivement suspendu, remplacé par des indemnités pendant une période de transition. Je m'y attendais, mais je n'en avais pas imaginé les conséquences indirectes. En juin, j'avais en effet essuyé un nouveau refus à ma demande de levée de l'interdiction de communiquer avec Léa. La juge d'instruction s'y était opposée au motif que j'étais toujours un fonctionnaire de l'administration pénitentiaire. J'ai alors fait appel afin que la demande soit réexaminée par la chambre de l'instruction, qui se réunit dans de tels cas. Celle-ci est constituée de plusieurs magistrats qui se réunissent en conseil et délibèrent, en présence ou non de l'intéressé. La décision devait être rendue le 19 juillet, alors que je me trouvais en vacances dans le Sud-Ouest avec ma fille. Je me suis demandé si je devais remonter sur Paris, ou plutôt, je me suis demandé, sachant que j'étais incapable de ne pas être présent, dans quel état je serais en redescendant dans le Sud si j'essuyais un nouveau refus. C'est donc à Versailles que j'ai reçu la nouvelle dont je rêvais depuis des mois : la levée de l'interdiction était acceptée, puisque j'étais officiellement révoqué. J'étais heureux, complètement transporté par cet incroyable tournant après sept mois de sur-place, bouleversé aussi par les conséquences possibles : comment les choses se passeraient-elles avec Léa ?

J'avais de bonnes raisons de m'inquiéter, ou plutôt, j'aurais dû en avoir. En effet, quelques jours avant cette décision capitale, j'ai appris que Léa avait bénéficié de la première permission de sortie de toute sa détention, le 9 juillet. Trois jours en liberté après plus de cinq ans de prison. L'occasion rêvée de me faire parvenir un message, un signe de tendresse... Elle avait passé ces trois jours à Aulnay-sous-Bois, chez sa mère. Elle était allée au restaurant, paraît-il, et avait sans doute vu des amis, des proches, passé des coups de fil, parlé. Il y avait en tout cas eu du mouvement sur sa page Facebook. Et pour moi, rien... Pas un mot, pas un appel. Bien sûr, j'ai préféré y voir de la prudence. Elle attendait la décision concernant sa libération conditionnelle définitive, refusée au printemps et dont elle avait fait appel. Elle ne voulait sans doute rien faire qui puisse nuire à la décision du juge. Mais je n'ai pu m'empêcher de me dire : « Tout de même... comment a-t-elle pu ? Est-ce que j'ai été prudent, moi ? » Pourtant, je ne pouvais pas renoncer, laisser la peur, l'angoisse prendre le dessus alors que je luttais depuis si longtemps. J'ai juste été malheureux, une fois encore.

Dès que l'interdiction fut levée le 19 juillet, malgré la douche froide de sa permission de sortie, je me suis lancé dans la rédaction d'une lettre-fleuve. J'avais fait l'aller-retour dans la journée, et je repartais dans le Sud dans la voiture d'un couple d'amis. Installé à l'arrière du véhicule, j'ai empoigné mon bloc-notes et je n'ai pas cessé d'écrire pendant les six heures qu'a duré le voyage, une dizaine de pages d'une écriture tremblante, affolée, qui disait bien ce qu'avait été ma vie ces derniers mois. Je lui expliquais que mes sentiments n'avaient pas changé, sans entrer dans le détail puisque je savais que mon courrier serait lu à Fresnes. Pendant un mois, je n'ai pas reçu de réponse. Je refusais pourtant de me laisser aller au désespoir. J'ai su ensuite que son avocat lui avait déconseillé de m'écrire, invoquant que l'autorisation de communiquer pour moi n'était pas valable pour elle, idée absurde puisqu'elle concernait notre correspondance mutuelle. Léa a finalement demandé de son côté, par courrier officiel, la levée de l'interdiction, et c'est ainsi qu'un jour, à la mi-août, j'ai reçu sa lettre.

Elle lui ressemblait. Elle y disait... qu'elle ne voulait pas m'écrire. Elle aussi savait qu'elle serait lue, et elle semblait plus prudente, plus mûre, et évoquait surtout ses projets de réinsertion. Elle aurait préféré me parler. A Fresnes, des cabines téléphoniques sont accessibles durant les heures de promenade, avec une carte et des restrictions sur les appels. Il faut que l'interlocuteur montre patte blanche, envoie sa facture téléphonique, afin que les détenus n'appellent pas n'importe qui à n'importe quel propos. Le numéro est ensuite autorisé, et l'appel est contrôlé par l'opérateur de la pénitentiaire, qui vérifie que le correspondant est bien autorisé. La mesure, contraignante pour le détenu ordinaire, a été prise après que des détenus se sont répandus auprès de journalistes presse et radio sur les mauvais traitements dont ils auraient été victimes, rarement avérés. L'abus de quelques-uns a pénalisé tout le monde, comme c'est malheureusement le cas pour la plupart des lois qui restreignent les libertés. Je me suis acquitté des formalités, et enfin, enfin, j'ai eu Léa au téléphone.

Bien sûr, ça a été des moments formidables. Elle s'est tout de suite montrée bien plus chaleureuse que dans son courrier, affectueuse, et je n'ai plus eu de doute dès le premier appel : elle ne m'avait pas oublié. Ses sentiments n'avaient pas changé. J'avais l'impression de revivre. Chaque jour, nous parlions une demi-heure, en général à l'heure du déjeuner. Elle n'était pas joyeuse, personne ne l'est en prison, pas davantage confiante en l'avenir. Son avocat lui disait qu'elle avait de bonnes chances d'obtenir sa conditionnelle en appel, mais pour elle le temps avait été si long que la promesse d'un lendemain plus heureux manquait de réalité. Elle avait passé en prison un quart de sa courte vie. Elle n'arrivait pas vraiment à mettre des mots sur sa hâte, n'en avait peut-être aucune d'ailleurs. Ce qui ressortait le plus de sa conversation, c'était sa peur, ses doutes sur l'avenir, notamment son avenir scolaire et professionnel. Elle avait finalement décroché un projet de formation. C'est à la fin du mois d'août qu'elle a reçu officiellement la nouvelle de sa libération conditionnelle. Elle sortirait le 5 septembre, jour de la rentrée des classes. Je n'ai pas pu m'empêcher de voir un signe heureux dans cette coïncidence.

J'avais imaginé des mois durant des retrouvailles brûlantes, mais nos conversations téléphoniques avaient déjà tempéré mon ardeur : les choses ne seraient pas si simples. Léa était devenue plus grave, comme plombée par le fardeau de la détention. Moi, je ressentais la joie de ceux qui voient le bout du tunnel : la fin de notre séparation forcée, la fin aussi de ma mission. Plus le temps passait, plus je m'étais senti comme un père pour elle : je n'avais pas le droit de l'abandonner. Elle pourrait choisir de me tourner le dos, mais jamais je n'en aurais pris l'initiative alors qu'elle m'avait considéré comme la chance de sa vie, me l'avait dit et répété des mois durant. Tout le monde l'avait trahie. Je serais celui qui était resté fidèle, fiable, un repère. J'ai compris que le jour de sa sortie, je devais la laisser tranquille, ne pas « mettre la pression ». Il était l'heure pour elle de venir à moi, j'estimais avoir fait ma part de chemin.

Je n'ai pas envie de rentrer dans le détail de cette première fois où je l'ai vue brièvement, ni de la suivante deux jours plus tard. Je peux juste dire quelque chose que tout le monde comprendra : dans la vie, quand une difficulté surgit dans une relation, on s'accroche à des petits signes symboliques qui font pencher la balance d'un côté ou de l'autre. Disons que la balance n'a pas penché du bon côté au fil des indices qu'elle a semés en l'espace de quelques jours. Je n'ai pas senti d'impatience. Elle avait à faire. De mon côté, je ne pense pas que j'aurais eu « à faire », en tout cas rien de mieux que la voir. Je n'ai pas ressenti chez elle, à mon égard, la présence entière que j'avais vis-à-vis d'elle. Je ne nous ai pas sentis sur un pied d'égalité, en dépit de toute ma patience, de ma bonne volonté, de ma foi. En l'espace d'une poignée d'heures, j'ai réalisé que ma vie entière avait basculé pour un rêve, que j'avais attendu sept mois pour m'apercevoir que nous n'avions pas d'avenir, mais il fallait que j'aille au bout. Seule sa libération pouvait me donner le sentiment d'avoir bouclé la boucle. Quand je regarde en arrière ces deux années de ma vie, il m'arrive de me dire que j'ai vécu cette histoire en en connaissant la fin, inéluctable compte tenu de toutes nos différences, jusque dans la façon d'être ou d'aimer. Mais cela m'a énormément appris sur les hommes et les femmes, les sentiments, sur les êtres humains en général et sur moi-même en particulier. Je ne regrette rien, sinon le mal que j'ai pu faire à ceux que j'aime.

Je n'ai pas retiré mon affection à Léa pour autant. Je saurai être là pour elle si un jour elle a besoin de moi, elle le sait, mais j'ai senti en cet automne 2011 que le moment était venu de la laisser à sa vie et de reprendre le cours de la mienne pendant qu'il était encore temps. J'ai enfin pu faire le point, de façon honnête, prendre une décision qui ne trahissait personne même si elle ne contentait pas tout le monde, pas même moi. Je ne pouvais m'empêcher de ressentir une certaine déception, mêlée au regret des moments de bonheur passés, et plus encore espérés. Mais le soulagement l'emportait : j'avais enfin fait mon choix, j'allais reprendre le fil de ma vie d'avant, en espérant que cela serait encore possible.

Remerciements

Catherine Siguret a apporté son soutien et sa collaboration à la rédaction de cet ouvrage. Qu'elle en soit ici remerciée.

MIXTE
Issu de sources responsables
FSC® C003309
www.fsc.org

Composé par Nord Compo Multimédia
7, rue de Fives, 59650 Villeneuve-d'Ascq

Impression réalisée par

CPI
BRODARD & TAUPIN

La Flèche
en février 2012

Édition exclusivement réservée aux adhérents du Club
« De Noyelles »

Imprimé en France
Dépôt légal : février 2012
N° d'impression : 67705